路佳瑄

著

暖生

新 星 出 版 社　NEW STAR PRESS

图书在版编目（CIP）数据

暖生 / 路佳瑄著. —北京：新星出版社，2013.12
ISBN 978-7-5133-1011-6

Ⅰ.①暖… Ⅱ.①路… Ⅲ.①短篇小说－小说集－中国－当代 Ⅳ.① I247.7

中国版本图书馆CIP数据核字（2013）第262137号

暖生

路佳瑄 著

策划编辑：东　洋
责任编辑：汪　欣
责任印制：韦　舰
装帧设计：@broussaille私制

出版发行：新星出版社
出版人：谢　刚
社　　址：北京市西城区车公庄大街丙3号楼　　100044
网　　址：www.newstarpress.com
电　　话：010-88310888
传　　真：010-65270499
法律顾问：北京市大成律师事务所

读者服务：010-88310811　　service@newstarpress.com
邮购地址：北京市西城区车公庄大街丙3号楼　　100044

印　　刷：三河市兴达印务有限公司
开　　本：910mm×1230mm　　1/32
印　　张：8.25
字　　数：99千字
版　　次：2013年12月第一版　2013年12月第一次印刷
书　　号：ISBN 978-7-5133-1011-6
定　　价：30.00元

版权专有，侵权必究；如有质量问题，请与印刷厂联系调换。

亲爱的，请记住，你必须温暖地生活。

这是一些全面做过外科整形手术的故事
过程变得不再重要
回望每个故事的开始和终结
记住
然后狠狠遗忘

在这里
只有目击者
没有裁判人
虽然看上去有些残酷
但如果连自身渺小的真实都不敢正视
就没有资格议论远处庞大的真实

因此

亲爱的
你必须温暖地生活
虽然故事太短暂结局太荒凉

亲爱的
你必须温暖地生活
即使眼神太无望心跳太苍白

亲爱的
你必须温暖地生活
纵然时间太残酷现实太凛冽

亲爱的
你必须温暖地生活
就算身体太残破生命太短暂

亲爱的
你必须温暖地生活
爱你自己
然后爱我

目录

关于她　　　　　1
半夏　　　　　　　3
苜一年　　　　　　7
白色的蓝　　　　　11
微醺　　　　　　　14
皮影戏　　　　　　17
玛丽锁链　　　　　20
死神的仆人　　　　23
两个仪式　　　　　26
在最黑的地方见　　30
啦啦啦　　　　　　33
糖　　　　　　　　36
Girl Interrupted　39
不睡觉的人　　　　43
小爱人　　　　　　46
死者能舞　　　　　51
MAIA　　　　　　55
影舞者　　　　　　59
三十七度仰角　　　63
一株木棉　　　　　66
墓碑上的青春　　　70
作（zuō）　　　　75

痛苦的信仰	78
蔷薇里开出了一条鱼	82
TATOO	86
女人和公狗	90
现世的债	93
今日娼妓明日修女	96
康定离歌	100
关于他	105
六回	107
忆	111
拥抱老夫子的孩子	115
爱是寂寞说的谎	119
12岁孩子的生殖器	123
莫非	127
A ce soir	132
爱着不爱自己的人	136
同志你好	140
甲乙丙	144
双子	148
生活不是故事	152
你听到山那边的呼吸了吗	156
轨道	160

孔雀	164
活的只是当下	168
枪杀爱情	172
义无反顾的谎言	176
一根麻绳的绝望和希望	180
异装	185
单本悲剧	190

关于我 195

上海故事	197
落跑新娘	200
薄荷	204
折现浪漫	208
狐狸嫁女儿	212
亲爱的请给我一把吉他	216
一夜	220
鱿鱼病了	224
暖生	228
猫会流泪吗	232
此去经年	236
画小画的女子	242
关于我关于路人关于反复的活	249

关于她

半夏

【初】

窗外时常有巨大的飞机呼啸而过。夏季里少有的阳光不明朗却铺满天鹅绒般蓝色的天空,缠绵而混沌,三十七度仰角望去,依旧灿烂得刺痛双眼。干净的落地窗内,半透明紫色蕾丝睡衣缠绕妖娆的身体,若隐若现,一双赤裸的脚迭荡往返。尝试着将一只纤细而修长的女士香烟叼在嘴上,点燃,深吸一口。乏味而躁动不安,义无反顾地丢弃。

她住在机场附近的大房子里,一个人。时常轻微眯起双眼,她的眼睛是褐色的,头发也是。苍白的有些干裂的嘴唇上印着一排深深的牙印。手腕上那条深蓝松石手镯,带着深厚的寂寞缠绕着她,不曾离开。长时间地写一些似是而非的文字。写作,有时候是一场场不择手段的谋杀。在暗无天日的悲伤里,独自惊慌失措地奔跑。很多时候,思维和感情纠缠然后分崩离析,永远对立。夜,无止境地沉沦。

她姓夏,生下来就被称做半夏,像那种在春季里旺盛生长着的有毒草药的名字,意思是残缺的夏家人。小城市里女子的生命不比男子珍贵,等她长到需要在黑白相间的表格里填写姓名的时候才发现,没有一个真正的名字是属于她的。于是她把名字倒过来,写成夏半,可大家依旧都叫她半夏。

一个男子买了这栋四面落地窗户的玻璃盒子给她,在离城里很远的机场旁边。随意胡乱支配房子里的一切,心安理得地住下,在孤独的地方独自热闹,存在。她知道他们能做的。只是短暂的情人。房子大得空洞,扩散着蠢蠢欲动的心跳声,破裂着荡漾开去。没有一丝疼痛。男人并不常来,他提供一切的唯一理由是她和他疯狂热爱着的女作家半夏拥有一样忧伤而决裂的名字。她接受一切的唯一理由是他是一个疯狂爱着自己却全然不知的天真男人。

她是富有的,那些疼痛而暧昧的文字为她带来填满荷包的财富。没有人见过叫半夏的作家,没有人知道这个每天住在玻璃房子里的女人就是女作家半夏。

不择手段刻意制造的场面填充卑微而敏感的心,和等待无关。坐在男人妻子的对面,微笑地看着眼前这个锁骨上有迷人葵花刺青的美丽女子。绚丽的绽放带着惑众的妖艳,海藻般的长发反射阳光,撩拨简单的反复。女人说半夏拥有和自己喜欢的女作家一样忧伤而决裂的名字,那些文字像被风吹动的芦苇荡,摇曳颤抖,凉意四起,拉扯孤独的心。夫唱妇随,虚情假意佯装不知地微笑。

她开始喜欢这个被寂寞包裹着的美轮美奂的女人。

【终】
决裂的尖叫声打破房子的宁静,她麻木地注视着眼前撕扯着面容的男女。女人声嘶力竭扑向她的一刹那,腹部被男人紧握住的闪亮的水果刀无情穿透。竭力伸直手臂却触碰不到她,带着愤怒而绝望的注视慢慢下坠。

眼前出现五颜六色的场景:孔雀开放决绝的尾,扑闪着挣脱逃亡;星星闪烁苍白的银光划过,然后消失不见;嫣红的血液从苍白的皮肤气急败坏地涌出,并不可一世地蒸腾腥酸的腐败,盛开在一片深绿的沼泽里,纠缠、混合;蓝色的天空变得越来越暗,最后剩下大片大片漆黑。棕色长发变成火红,撕扯着头皮一路脱落。一些乳白的蛆虫从身体各个角落钻出,带着傲慢的微笑侵蚀苍白的皮肤,肉身渐渐脱落,露出粘带着丝丝血迹的白骨,那白色如此彻底,再没有什么是可以比拟的。

男人绝望地高举起手臂,妻子的血顺着胳膊流到腋下最后流进心脏。他说自己在她未关闭的电脑里发现她就是女作家半夏,而妻子是跟踪他到这里才知道,那个曾经倾听她诉说对女作家半夏的热爱的女人竟是丈夫的情人。

一切猝不及防地在她眼前发生又结束,仅仅几分钟的时间,并不疲惫,耳边有黑猫撕心裂肺的叫声。她开始惊慌失措四处找寻,男人冲上去抱住歇斯底里的她,奋力挣扎,踢落紫色绣花棉布拖鞋,逃离。在每个房间最阴暗的角落搜索,地上零落半透明紫色蕾丝睡衣,纠缠着掉落的棕色长发。她赤裸着身体张狂奔跑,在男人的眼里渐渐变成一只猫。纵身一跃,在空中划下一个完美的弧度,姿势优美的无与伦比。伸手触摸,没有属于猫的温热。心里一阵恐慌,伸手扶住落地玻璃窗,残留着血迹的指纹。

窗外时常有巨大的飞机呼啸而过。夏季里少有的阳光不明朗却铺满天鹅绒般蓝色的天空,缠绵而混沌,三十七度仰角望去,依旧灿烂得刺痛双眼。干净的落地窗内,半透明紫色蕾丝睡衣缠绕妖娆的身体,若隐若现,一双赤裸的脚迭荡往返。尝试着将一只纤细而修长的女士香烟叼在嘴上,点燃,深吸一口。乏味而躁动不安,义无反顾地丢弃。

昔一年

【初】

那座曾经不知道名字的山耸立在眼前,紧紧地连接着附近连绵起伏高高低低的丘陵,毫无章法的错落。那些丘陵也都没有名字。后来,村里人把整个山头染成血红的颜色,走进去却始终找不到一片活着的叶子。整座山被大量的塑料红叶包裹得妖娆,透着令人作呕的低廉气质。那些孩子们总是爬上爬下的野树,如今被一桩桩篱笆圈得密不透风。入口处挂着诸如幸福庄园之类夸张而庸俗不堪的小木牌。山前面有大片大片的高粱地,被风一吹,发出哗啦哗啦的声音。她拎着裙子站在中央,赤脚。弥散着浓烈发霉气味的狠毒的阳光穿过那双脚,直指向破烂的地球。

娘走的时候把她苍白冰冷的手放在男人宽大的手掌上,没有温度。调转头,碎步离开。她望着那轻微佝偻而瘦小的背影,蹉跎但坚定不移。男人拖着她走,走走停停。天蓝色苜蓿花呼啸而过,随手抓一枝,紧紧攥在手里。洗得发白的宽大裤裆挂住枝杈,被男人一扯,撕开一个口子,划破坚韧的皮肤,不疼痛。

陌生的城市。风追命地吹。尖锐的黑色高跟鞋底踩着恐惧。平直的头发夸张成卷曲的波浪。指甲蓄到长得可以抓破人的脸,涂上一层红色,再涂上一层绿色,最后涂成黑色。拖着透明蕾丝边闪光碎片的冗长裙子。快步穿过幽怨并散发着暗绿光泽的走廊直抵最后一扇漆红的门,吱呀一声缓慢开启,又凝重关闭。

每天都有陌生面孔的男子走进这扇门,暧昧快速地进去又匆忙离开。她光着身子走来走去,脸上的表情浓重而钝劣。全部恩宠带着婊子的嫌疑。黑色的猫乖巧地趴在破旧的玻璃窗边,用一双绿色的悲伤眼神盯着她,顿挫。她躺在揉皱的床单上,以一种职业化的姿势劈开双腿。黑色大丽花潮湿阴霾的绽放。凌乱的发丝掩盖冷漠的脸。畅快淋漓的叫声夹带着痛苦的呜咽,一同跌入毫无快感的黑暗当中。

男人走后,不停擦拭房间里的每个角落,更换床单,肮脏依旧。一支接一支的浓烟让那张脸变得像涂满了黑色的烟熏妆,面孔模糊,身体给了这个房间心却远走高飞。

【终】
她停止奔跑。四处无人。黑色高跟鞋无影无踪,包括长久以来被踩在脚下的恐惧。她站在去年娘离开的地方,天蓝色苜蓿花扎她的眼,一个东西从口袋里掉出来——被拖走时凌乱中折下的苜蓿花，枯萎成枝杈，尸体被风吹得七零八落。

夜晚冰凉的露水落在她的皮肤上。薄似蝉翼的裸露衣裳，无力阻挡入侵的寒。苍凉无人的高粱地，被风抚过凌乱的朝着不同方向摇晃，像绿色的龙卷风把她卷在中心。村子里那些缠绵交织着闪闪发亮的灯光，散发着温暖，只有她家那盏灯是黑着的。偶尔传过老黄狗撕裂的吼叫，习以为常，她奋力走出高粱漩涡。站在空旷松软的土地上，低下头，一个瘦长倾斜歪曲的影子，狠狠碾碎。

村子里的人都说那不是她的娘。

她剪掉卷曲成波浪的长发，剪掉黑色的指甲，剪掉透明蕾丝边闪光碎片的冗长裙子。她抖落洗得发白的被撕破一条大口子的宽大裤裆，她看着闻讯赶来的村民对着她指指点点。好事的小孩狂奔过去抓起她剪掉的裙边套在头上，蹦跳着说要回家藏起来，长大了做新媳妇的盖头。被大人一把夺过来，扔在地上，使劲地踩两脚。

那座曾经不知道名字的山耸立在眼前，紧紧地连接着附近连绵起伏高高低低的丘陵，毫无章法的错落。那些丘陵也都没有名字。

后来，村里人把整个山头染成血红的颜色，走进去却始终找不到一片活着的叶子。整座山被大量的塑料红叶包裹得妖娆，透着令人作呕的低廉气质。那些孩子们总是爬上爬下的野树，如今被一桩桩篱笆圈得密不透风。入口处挂着诸如幸福庄园之类夸张而庸俗不堪的小木牌。山前面有大片大片的高粱地，被风一吹，发出哗啦哗啦的声音。她拎着裙子站在中央，赤脚。弥散着浓烈发霉气味的狠毒的阳光穿过那双脚，直指向破烂的地球。

白色的蓝

【初】

苍茫的灯光聚焦在一只白皙的手上。手指消瘦修长,淡蓝色血管轻微突起,带着尖锐嶙峋的美感。

她看着自己的手指,由于长久缺少维生素和各类营养物质而变得越来越干枯粗糙,松懈的皮肤紧贴在骨头上,皱褶而衰老。横七竖八地恣立起尖锐的倒刺,扎得手指生生的疼。不理会,早已对迅速腐朽下去的身体漠视。她握住笔,想写一个故事。关于活着和爱情的故事,故事里没有死亡。低下头,严肃地在纸上写下:白色的蓝。

她叫蓝,名字和她血管的颜色一样,纯净而爆裂。稀疏的头发紧紧贴着头皮,偶尔擦起一些静电,欢腾着张扬飞舞,细小得像空气一样浑浊的眼里充满绝望的悲伤。肥胖的向一旁略微倾斜的身影如同厚重的墙,挡住晴朗的天。她得了一种天生肥胖的怪病,扭动身躯,跳一跳,棉被似的脂肪波浪般起伏翻动,形成一个完美的笑话。她时常穿一件宽大的白色上衣,因为那足够大也足够纯洁,包裹住她臃肿的身体连卑微的失落也一同包裹。

那个背着书包穿黑色布鞋的男孩每天都在上学路上与她擦肩而

过。大家都笑她只有他不笑，不笑也不张望。他身体单薄，被一件跟她身上那件一样宽大的白色上衣罩住，拖拉到膝盖。她想她要瘦下去，像他一样被那件宽大的白色上衣罩住，拖拉到膝盖，那样他就会看她。他不愿意看她。但他一定愿意看自己。

她究竟离幸福还有多远，时常问自己。望不见的未来与终点，无心对照，不及安慰。那倾斜的背影，甩着晃晃悠悠的笨重身躯卑微地隐退在似尘似烟的空气里，无踪迹。天空闪烁着如她名字般的蓝色。通往学校的道路宽敞而笔直，偶尔有飞驰的车辆尖叫着喇叭呼啸而过，狼狈闪躲，惊慌站定。闭上眼睛抚慰进退两难的失魂落魄。滞留在充满嘲讽的十字路口。

她开始将很多五颜六色的药片倒进嘴里，大小不一，叫不上名字，像跳动的纽扣。每吞下一些，就在泛着黄色的纸上写一个她和男孩终有一日能邂逅的故事。药片在身体里开出大朵的邪恶之花，天旋地转，疼得无法喘息。她知道自己可以选择放弃或直白表达诸如此类不那么折磨人的方式，却终究撕扯着与生俱来的自卑沉默地在自己制造的麻烦里矛盾并毫无止境地纠缠，哪怕奄奄一息。

【终】

昏暗的光线中一具安静的熟睡着的优雅尸体。她躺在医院冰冷的停尸间,瘦得只剩下一堆白骨。她死在了自己的故事里,一个关于生活和爱情的故事。死在极度消瘦又厌倦一切食物的病症中,死在那副不断作祟松紧收缩的皮囊下,死在充满无限期许和幻想的爱情中。那个背着书包穿黑色布鞋的男孩依旧每天都走在上学路上,再没有人与他擦肩而过,再没有人和他穿一样的白色上衣。

这个原罪的灵魂,寻着一缕微弱灯光的痕迹,跟那些花花绿绿的药片一起,垂直上升。被那件宽大的白色上衣罩住,拖拉到膝盖。这是她的心愿,带着一半的苍白还有一半的绝望。光源的尽头,一扇漆红的大门缓缓敞开。幸福街43号,上面写着。跟她活着的时候住的地方的门牌号一样。

苍茫的灯光聚焦在一只白皙的手上。手指消瘦修长,淡蓝色血管轻微突起,带着尖锐嶙峋的美感。

微醺

【初】

身体陷进酒吧质地柔软的沙发里。冰冷红酒顺着喉咙滑入瑟瑟蠕动着的胃,膨胀蔓延。思维开始活跃起来。眼睛变得更灵活也更潮湿,微微眯起看着周围的朋友。他们似乎比平日里更可爱了。温存暧昧的气味从一个人身上传到下一个。My Cup of Vino,她呢喃。身体极轻,好像地球不再有吸引力了。灵魂不费吹灰之力就从肉体上飞出去,居高临下俯看世间生生死死、恩恩怨怨。她举起酒杯,笑容妩媚而且动人。于是在繁杂的人群之中瞥见,长得像婴儿一样的姑娘,矫揉造作。

一个男人走到她面前说:"这叫微醺。"温柔的话语里带着无尽的暖暖。她看着他,只是微笑不答。递过一只酥软的手,男人受到恩宠似的握住,用力一拉,细滑腰身从饱满的沙发里跃起。划出一道紫色的完美弧线,落进另一个人的怀里。瘫软成腐朽的泥,只消一刹那,泛滥的情欲就在彼此间荡漾开去。男人的一只手顺着腰际一路下滑,停在丰满的臀部。手指轻轻用力,一声缠绵的呻吟,肮脏的生殖器瞬间欢快地挺直。

两具纠缠着原始性欲的皮肉一起跌进质地柔软的沙发。舌尖缠绕,渐渐不分你我。酒吧歇斯底里的叫喊和喧嚣渐渐远去。人影模糊,最后淡出视线。忽明忽暗的灯光下,只有留下两个人的妖娆的蛇影。

冰凉的棉布气味的床单。她赤裸着栽葱似的倒下去,男人被她狠狠抱着,一同栽下去。停顿片刻,男人支撑起身体,亲吻她寂寞的脊背,光滑而细致,微微颤抖着有些冰冷。手指游移,拨弄起她藏在酒精下的隐抑。她紧闭着双眼蜷曲着身体迎合,毫不犹豫并且麻利,在充斥着荷尔蒙的空气里荡漾开来彼此呻吟。

当清晨第一缕阳光透过深蓝色的窗布刺痛她眼睛的时候。她缓缓醒来。思维被拉回现实,庆幸不是躺在酒吧肮脏的沙发上。记起昨夜凹凸起伏的身体里,充斥着的异性清香体味的喜悦,不遥远,重又闭上眼睛。花几秒钟时间重温感动,然后迅速驱逐夜晚缠绵的诱惑,拼命从被窝里抽出身体,大片大片情欲过后的空白疯狂奔跑。身边那个赤裸而陌生的男人仍在睡着,一丝灰白色的亮光荡漾着,游弋在他的脸上。她狠狠咬一下嘴唇。穿衣离去。不说再见。

在反复诠释纠缠的意义中,不动声色地来来回回。只留下一些微醺的记忆和幻想,再无他寻。

【终】

她的生活渐渐形成了一个古怪的圈,自始至终地循环往返,不曾更迭。唯一不断变化着的只有那张微醺后任由她脱光衣裳倒下去的床,和身旁那个醉倒在酒精和她温热体液里的陌生男子。

身体陷进酒吧质地柔软的沙发里。冰冷红酒顺着喉咙滑入瑟瑟蠕动着的胃,膨胀蔓延。思维开始活跃起来。眼睛变得更灵活也更潮湿,微微眯起看着周围的朋友。他们似乎比平日里更可爱了。温存暧昧的气味从一个人身上传到下一个。My Cup of Vino,她呢喃。身体极轻,好像地球不再有吸引力了。灵魂不费吹灰之力就从肉体上飞出去,居高临下俯看世间生生死死、恩恩怨怨。她举起酒杯,笑容妩媚而且动人。于是在繁杂的人群之中瞥见,长得像婴儿一样的姑娘,矫揉造作。

皮影戏

【初】

牡丹江弯了几个弯,小鱼儿甭上船咱们不稀罕。捞月亮张网捕星光,给爷爷下酒。喝一碗家乡,牡丹江弯了几个弯。小虾米甭靠岸咱们没空装,捞月亮张网捕星光。给姥姥熬汤,喝一碗家乡。

月光从幽暗狭窄的巷口一路摇晃着照射进来,温柔抚摸着被濛濛雨丝滋润着的青黑色老砖墙。那墙老得啊,长久以来被很多只手摩擦过,错落着凛冽的光,投射到同样狭窄且高低起伏不平的青石板道上,照亮了地面上那些被风雨吹打掉落的残败不堪的叶子,被无情沉重而满是泥泞的破布鞋轻而易举踏过,粘连在一起。狠狠地融入青石板上。没人知道明天是否还能再踩到相同的一片树叶。

娘说嫁给江那边大户五岁的儿子就能换来两大担米,全家人和点野菜杂草省着吃能管半年饱。她哭的泪人儿般应承着。潦草地收拾收拾,带着一只边缘的漆已经磨掉露出扎手木刺的沉重紫檀木箱子嫁到了江的对岸。那只箱子是母亲嫁给父亲时的嫁妆。大婚那夜,五岁的小丈夫蹲在墙根儿抓蛐蛐,是老公公进了洞房。关了门,吹了灯,脱了衣,上了床。

那个她从未摸过的男人的身体激昂而兴奋，粉色的手指紧紧抠住充满脂肪的肥厚身躯，指甲陷进肉里，一阵刺痛从大腿根部向上爬升，带着狂躁的羞耻直冲头顶。凌乱的发丝海藻般从床上蔓延开去。四条腿纠缠在一起，两条藕白色，两条棕黑色。汗水浸湿的棉絮在空气里迅速冷却，将微弱的体温一点点吞噬。

半年后娘又来要米，哭哭啼啼一阵讨得两大担米。一眼瞥见她微微隆起的肚子时。叹口气并不多说。临走前塞在她手里一个攥热了的鸡蛋。

男婴响亮的哭声刺穿老屋封存的羞耻。五岁的小丈夫盯着那个身上还带着血的孩子，一阵错愕，用刺耳而欢快的声音唤着弟弟。被母亲拧着耳朵拉进房间，砰的一声，房门紧闭，窗户被震得哗啦啦响了良久。他们把她从还翻滚着暗红色的床上拖下来，拖进只有一扇窗户的屋子。屋外是一片寂静的薄凉。几缕光线透进来，墙壁上一个惨淡的女子身形，凄凄零零，如同皮影。

【终】
她对着那面墙。凤冠霞帔，水袖长袍，兜兜转转，咿咿呀呀，一唱就是 16 年。在别人的故事里，流着自己的眼泪。她唱尽千娇百媚。唱尽悲欢离合，唱尽梦寐以求，唱尽生离死别，唱尽穷困潦倒。唱尽多愁善感，唱尽本子上的事，唱尽自己的命。

红色的戏衣，白色的月光，透明的酒杯，无形的人，斑驳的墙。菠萝芒果樱桃草莓哈密瓜，谁来成全梦境。

她揽镜自照，鬓角银丝如雪，水袖甩起。声音珠圆玉润，那首歌像为她唱。谁在门内唱那首牡丹江？聆听感伤声音悠扬，风铃摇晃清脆响，江边的小村庄午睡般安祥。谁在门内唱那首牡丹江？脚步轻响走向你身旁，思念的光透进窗，银白色的温暖洒在儿时的床。

牡丹江弯了几个弯，小鱼儿甭上船咱们不稀罕。捞月亮张网捕星光，给爷爷下酒。喝一碗家乡，牡丹江弯了几个弯。小虾米甭靠岸咱们没空装，捞月亮张网捕星光。给姥姥熬汤，喝一碗家乡。

玛丽锁链

【初】

城市，傍晚的天空阴霾憋闷又冷淡。熙熙攘攘的人来人往，不管地上的人如何狂躁汹涌一触即发，一场隆重的雨终将到来。她收缩身体加快步伐，幻想即将腐烂的气味。这是个蜂忙的季节。这座城市很多年来一直像现在这样干燥且不循规蹈矩。她已经习惯被任何一场突如其来又宝贵的雨浇透身体，不动声色。

她的一只脚刚跨进家门，雨就如约般砸了下来，她甚至有些沮丧。连雨水都可怜她的卑微。狂乱的思绪在身体里膨胀且不可一世，最后直冲向头顶，在高亢的苍白中偃旗息鼓。她拿出一瓶蒸馏水，打开唱机，双腿盘绕坐在地上等待。耶稣与玛丽锁链的急躁音符狂暴地撞击着墙壁，之后四散飞溅。

每个雨天他都会带着那张湿淋淋的脸站在她家门口，那个时刻他精神亢奋喋喋不休有些近乎于唠叨。他要求唱机里一遍遍循环播放耶稣与玛丽锁链翻唱的 My Gril。声影喧嚣的大屋子，散落着两个尸体一般的人，如同胶片里的生活，隐晦得忽而教人心疼。她大口大口吞咽着蒸馏水，有雨的味道。荷尔蒙机遇在各个角落悄悄上演。亢奋地破裂，涌动，残缺。夜不完美。她嗅到精液的芬芳。如果是一场出生入死的宠溺，她愿意做他的妓女，无比贪婪地纵情。他们是腐烂的两个人。她看到大片大片白色小山菊。梦魇里那张模糊不明的脸,龇牙咧嘴的表情刺痛她的子宫。

阴霾的天空轰然老去。雨停之后他就离开,他说这是他们的约会方式。她徒劳地睁大眼睛,看见大片大片的欲盖弥彰疯狂地加速奔跑,忽近忽远闪闪烁烁交织成网,以极其拖泥带水的速度,铺天盖地地蔓延开来,密密麻麻切割她的视线。长久以来封存的沉默轰然崩塌。一个告别,又一个再见。全部感情游离于一场场雨终人散,然后开始奔走于另一个无疾而终的雨后。

【终】
这场雨下了好几盏茶的时间。她喝完了一瓶又一瓶蒸馏水。男人始终没来。她思索着他上一次湿淋淋地站在她家门口是什么时候,毫无印象。喜欢一个男人对她来说就好像喜欢一支乐队,沉迷于此但绝不上瘾。感情原本来得卑微,何必逼迫自己做爱情替罪的羔羊。在冰冷的夜里身体喋喋不休地警告自己,不要死于同体受精的意外。

耶稣与玛丽锁链的急躁音符依旧狂暴地撞击着墙壁。她站起来走到窗前。窗外那棵巨大的梧桐树依旧滴滴嗒嗒垂着雨点。活在半空里的生命，夺目而光鲜。一些树叶被雨打落，贴在她的窗户上，风一吹，别别扭扭地欲走还留，却终究缓缓落下，狠狠地摔在地上。她轻微动一动嘴唇，自言自语。被雨水冲刷的干净空气里自动过滤着全部阴暗的情绪。吞下最后一口蒸馏水，已经被她握出了温度。滋润呆滞的知觉，身体渐渐苏醒带着蠢蠢欲动的姿态。她穿上厚重的外套，包裹温情，开门离去。

打那以后男人再也没有来过。这个世界上没有什么是不能失去的，她想。只可惜那唯一用以温暖思维的记忆最终还是在自己手掌心里灰飞烟灭。然后清醒地知道，有些人，终究是会离开的，不需要留下借口，连转过身去的姿势都苍凉得没有感情。不难过，在最后的最后，她转身离开。他们后会无期。嘴角微微上扬，依旧春暖花开。

城市，傍晚的天空阴霾憋闷又冷淡。熙熙攘攘的人来人往，不管地上的人如何狂躁汹涌一触即发，一场隆重的雨终将到来。她收缩身体加快步伐，幻想即将腐烂的气味。这是个蜂忙的季节。这座城市很多年来一直像现在这样干燥且不循规蹈矩。她已经习惯被任何一场突如其来又宝贵的雨浇透身体，不动声色。

死神的仆人

【初】

房间被暧昧而温柔的紫色包裹,掉进无边的黑暗里,闪烁着幽冥式的光。她习惯性坐在地上,手里捧着一本《格林童话》,以惯常的姿势将烟蒂扔进半透明的烟缸,并不熄灭。目光死死地盯住忽明忽暗的橘红色,渐渐的,瞳孔在她的迷幻中逐渐放大,进入大片大片的芦苇地带。她在那片绿色里不停奔跑,歌特式城堡从她的两旁飞速掠过。她依旧对童话里的把戏信以为真,偶然回头看不到苍白,只是一个个弥漫开来的泡沫,升起又茫然幻灭。

那个《死神的仆人》的故事她一直记得。唯唯诺诺小心翼翼,用厚厚的羽绒被狠狠地裹住赤裸又消瘦的婴儿般的身体,强迫自己不去想童话里那些在夜晚出没的狠毒的怨灵。朦胧中,她开始遇见王子。钝重的马蹄声即兴盘旋。胸前瞬间开出美丽的妖娆。王子说要带着她走,从此不离不弃。这个誓言与她想象的童话世界中的义无反顾如出一辙,充斥着温柔的激烈。刹那间慰藉忽隐忽现,像回到母体般温暖。

母亲看着她的眼睛,里面布满潮湿的沼泽。爆裂的天真不可一世,犹如花骨朵般穿着艳丽的颜色。从一场自诩的幸福奔跑到另一场飘渺的梦幻,辗转迂回,沉默的幻想。一次次接近幸福,并在故事终结的时候醒来,带着灿烂满足的微笑,像索取到甜蜜糖果的孩子。花花绿绿的固力果被塞进嘴里。认真品味和咀嚼,偶尔发出咂咂的声音,再狠狠地吞入腹中。

母亲叹了口气,措手不及的惊慌战栗,焦虑着该如何安放这个女子的身体和灵魂。她望着母亲,温暖的呼唤。然后继续沉迷于虚幻的童话世界,对现实中的一切置若罔闻。

她坐着的地方,堆满价值连城有着闪光银色头发的SD漂亮娃娃。她为此花掉所有积蓄变得一贫如洗。她让它们如她般带着紫色的梦幻安静沉沦,毫无生命感。

【终】
她出神成一种优美的状态。母亲把她送进医院的时候,她手里依旧抱着那本《格林童话》,微笑成一个橙色的小太阳。那些童话成了她的障碍,全部都是徒劳,却又那么固执地投入一切并消耗殆尽。她活着,像一株随时会倒下的颤巍巍的小草,被风一吹。向四面摇摆。悲悯地在现实与虚幻之间盲目地切换,并认命地逢迎,渺小而缭绕。

快乐带着闹剧般的低贱缠绕着她。落幕的时候一转身，瘦弱的背影印着可耻的孤单，如影随形。偏执地认为幸福只是童话中的事情，却不知童话里的幸福也不过是长久麻痹过后逐渐认命和被说服的一种习惯，终究会被无尽的死亡所替代，跨越不出边缘的宿命。那快乐，带着最初的原始状态，始终如一地挂在脸上。美好而单纯的爱，闪烁着光辉的童年的信仰。

房间被暧昧而温柔的紫色包裹，掉进无边的黑暗里，闪烁着幽冥式的光。她习惯性坐在地上，手里捧着一本《格林童话》，以惯常的姿势将烟蒂扔进半透明的烟缸，并不熄灭。目光死死地盯住忽明忽暗的橘红色，渐渐的，瞳孔在她的迷幻中逐渐放大，进入大片大片的芦苇地带。她在那片绿色里不停奔跑，歌特式城堡从她的两旁飞速掠过。她依旧对童话里的把戏信以为真，偶然回头看不到苍白，只是一个个弥漫开来的泡沫，升起又茫然幻灭。

两个仪式

【初】

赤裸着身体站在镜子前。苍白的皮肤干燥且毫无光泽。头发枯黄干裂有些分叉,凶狠地抓住一把拼命拉扯,张开手,断发粘在手心。她想或许会有比现在更好一些的方式对待身体,除了飞扬跋扈的毁灭之外。她日复一日这样思考。地上的断发越积越多。怀疑的情绪如同杂乱的水藻在眉宇间滋生蔓延纠缠。使出浑身解数奋力地修葺破烂心情和阴霾的笑容,不停歇,刻意阻挡所有来自万丈深渊里的黑色真实,却始终逃不出惊慌恐惧和毫无希望的生活。人生真切到散发着腐朽的苍白,没有颜色,更无活力,从来都是复杂纷乱但清晰到不出所料的狰狞。

这是鬼魅的一天。她打开衣柜,将一件件衣服穿上又脱下。床上遍布各类衣物包括胸罩和内裤。她收到一张喜帖和一个报丧电话,一个朋友要嫁给个有钱人,一个朋友带着深邃的亡魂游离到空中。这些都与她有关,可又都与她无关。最后,用白色蕾丝花边性感内衣裤束缚住原始的躯体。套上白色连衣长裙。将一套黑衣揉进手提包。长发简单地打个髻。再插上一束张扬的花朵。

朋友喋喋不休向她炫耀那永恒不朽的爱情。那张面孔有些虚假，像是竭力抓住貌似完整的幸福贪婪地藏起。不放开，下意识地抗拒着蔓延过来的快乐诱惑，盲目而不安。她慌张地将一只手伸进手提袋，摸索，迅速抓住一个纸包并仓皇递到那只带着刺眼钻石戒指的手中，微微有些劣质的笑声。那只白色的揉皱了的纸包在朋友殷红的微笑中慢慢萎缩，难以收场。

她为自己的粗心惊慌失措。她开始安静地躲在巨大婚宴草坪的角落，再强烈的光芒也无法逃过花开的短暂。那些呼啸而过的天花乱坠终究抵挡不住偃旗息鼓的卑微。所有如婚礼般烦琐浮华的装点，最后也只能是衰老且变得异常苍白无力，一如张扬着爆裂渐渐死去的青春。暴殄天物的时光。一个男人举着酒杯朝着她的方向走来，仓皇离开，带着决绝的姿态义无反顾。

刻意避开朋友的视线直奔卫生间，换上已经被挤压出皱褶的黑衣。凶狠地拽下头上鲜艳的花朵，披头散发，奔赴另一场盛大又华丽的仪式。她的心底一片荒芜，怨毒地诅咒着为何要将截然相反的两种剧目放在同一天演出。

追悼会上没有人泪流满面，只是装模作样的安静。心照不宣的不尽如人意。人走茶凉，油尽灯枯。曾经那么恐惧渺小拼命也要长大的灵魂，后来被衰老歇斯底里地入侵，到如今死亡突如其来，抱头鼠窜却终究逃不过死神的天罗地网。在愤怒和谩骂里孤寂着死去，再没有人登门造访。

她抚摸心脏。大片的青春苍白枯萎。固执地留下不可愈合的伤痛。岁月以狠毒的方式索取年华。即使青春本就是灾难，即使死亡来得刻不容缓，让人心痛而又无奈的年轮感。

【终】

攥紧那只印着喜字的红色纸包，她的手茫然停在空中，不知所措。时间将两场仪式扭曲搁浅，混乱成一团，却不能重头再来。她张张口，想做一些解释却没发出声音。这个时候任何一句多余的言语都有可能变成不怀好意的欲盖弥彰。天上人间，所有感情窒息在冰冷的手掌上。

赤裸着身体站在镜子前。苍白的皮肤干燥且毫无光泽。头发枯黄干裂有些分叉，凶狠地抓住一把拼命拉扯，张开手，断发粘在手心。她想或许会有比现在更好一些的方式对待身体，除了飞扬跋扈的毁灭之外。她日复一日这样思考。地上的断发越积越多。怀疑的情绪如同杂乱的水藻在眉宇间滋生蔓延纠缠。使出浑身解数奋力地修葺破烂心情和阴霾的笑容,不停歇,刻意阻挡所有来自万丈深渊里的黑色真实,却始终逃不出惊慌恐惧和毫无希望的生活。人生真切到散发着腐朽的苍白,没有颜色,更无活力,从来都是复杂纷乱但清晰到不出所料的狰狞。

在最黑的地方见

【初】

她总是孤独,孤独出一种状态。深邃的血管里翻腾着暗红色高贵的图腾。茫然而凌乱地拥抱在一起然后背离。高调地张贴着一切不可一世的骄傲并特立独行。固执地找寻一场场自以为是的幸福。严重的强迫症混杂着紧张的精神混乱明目张胆地入侵思维。霸道地想要占有属于和不属于她的一切,不择手段。她想她是与众不同的,没有人比她更会惺惺作态。微笑地滋养着深不见底的欲望,扩张开去,换来一颗颗撕扯着的臣服的心。

那个男人说爱她的美丽妖娆虚情假意。她想再没有人比他更诚实了。那些天花乱坠的忠心耿耿瞬间化成灰烬。她说下次见面的时候我们做爱,在最黑的地方,然后悄然不见。

男人开始寻找她的痕迹。她躲在一旁微笑,看着他在夜幕来临之后进出闪烁着劣质霓虹灯的夜店,试探性地亲吻一张张妖艳的嘴唇。轻柔地靠近,狠狠地离开,太温暖。他想那些都不是她的。她的应该冰冷并且柔软。没有人比她更适合西伯利亚的寒流。

她躲在一旁微笑,看着他醉醺醺地走出夜店,摇晃着身体穿过一条条胡同。夜太浓,除了纠缠着身体的夜的潮湿,什么都没有。

他迷离地前行,不回头,不左顾右盼,只是一转身的距离,却终究跳上了一班逆行的列车。他们注定就像两片相临的树叶,若即若离,然后一起枯萎零落。他们相隔遥远,永远无法抵达,即使彼此找寻,终究还是会擦肩而过,无论天上人间。

她躲在一旁微笑,看着他花掉整晚整晚的时间用来寻找她。

她出现在他面前,握住那只因激动而轻微颤抖的手,带他回家。在那张堆满了丝袜和各色内衣裤的床上,他一边干她一边将她的胸罩放在嘴上亲吻,瀑布似的黑色长发湿淋淋地缠绕着她的身体。

【终】
她说再玩一次,在最黑的地方见。然后悄然不见,躲在一旁微笑。男人再也没有寻找过她,即使她在他眼前虚妄的晃动,搔首弄姿。

她的笑容渐渐凝固,欲盖弥彰的谎言,轻而易举地将上涌的幸福驱逐得干干净净。悲伤地发现,寄托了期许和厚望的游戏,只不过是一层披着虚假真诚外衣的薄雾,散落在空气里,被风一吹。破碎,了无痕迹,一如复苏的春日里萎缩在角落日渐渺小的冰块,奋力挣扎却始终无法抵抗太阳的温热，当万物夹带着不可一世的活力苏醒重生时，艳羡地化为一摊肮脏的水，形单影只自惭形秽地萎靡并逐渐消失。缓慢而冗赘的过程中，不可抗逆地把自己变成另外一种样子，连自己都认不清楚的样子。

虚妄在伤口喧嚣处发出张狂的声响，震得皮肤生疼。她的世界里，没有比那颗分崩离析的心更黑的地方了。朦胧中，小心翼翼地用身体摩擦轻柔的棉布床单，然后反复挣扎。揉皱了的床单里夹杂着深深的孤单。诚惶诚恐地度过漆黑的一个人的夜晚。每个人的心里都居住着另外一个自己，或热情，或冷漠，或柔软，或固执，或坚强，或脆弱。歇斯底里地与自己对抗。

她总是孤独，孤独出一种状态。深邃的血管里翻腾着暗红色高贵的图腾。茫然而凌乱地拥抱在一起然后背离。高调地张贴着一切不可一世的骄傲并特立独行。固执地找寻一场场自以为是的幸福。严重的强迫症混杂着紧张的精神混乱明目张胆地入侵思维。霸道地想要占有属于和不属于她的一切，不择手段。她想她是与众不同的，没有人比她更会惺惺作态。微笑地滋养着深不见底的欲望，扩张开去，换来一颗颗撕扯着的臣服的心。

啦啦啦

【初】

每一个漆黑无比的夜晚,她都以一种最原始的方式去除身上所有的衣物,闭上眼睛,身体轻柔的与床单摩擦。那些不为人知的情欲在夜深之后以极其嚣张的姿态从每个毛孔里拖泥带水地爬出来。她像一只发情的野猫,呼吸嘈杂而急促,身体渐渐蜷缩成一团,以重回母体的姿势。温润的嘴唇吮吸冰凉的手指,旋即,那双潮湿的手擦着干涸的皮肤慢慢游向双腿之间。那个消瘦蜷曲的身体渐渐舒张,最后挺直,高亢到达。之后一切颓败,连呼吸都一并停止。

那间叫 Rainbow 的酒吧,那个叫禾禾的女子,浓烈而细腻的烟熏妆。她们拥抱在一起,赤裸的身体发出苍白无力的呻吟。她纯洁地献上最美的姿势,以爱之名,光滑的皮肤掠过。一种要狠狠粉碎的欲望插上决裂的翅膀远走高飞。与世人决绝,深刻却不发出任何声响。即使是一场暗无天日的谋杀,也要在痛并快乐中华丽地死去。

她不再用身体与床单摩擦。离开家,花大段大段时间与那个叫禾禾的女子纠缠着躺在那张老木床上。长久的亲吻,做爱。她的目光游离,身体前所未有地舒展,皮肤裸露出淡淡的蓝色,伸出舌尖轻舔一下温润的嘴唇,有蜜桃的味道。

她安静地听禾禾喋喋不休,很少开口说话;禾禾不在的时候,她就更加沉默。空洞的生活被时间片段性地占据。散落一地的烟草残骸被轻轻踏过,不留一丝痕迹。

【终】

在 Rainbow 找到禾禾的时候,那张性感的嘴唇正像第一次潮湿地亲吻着自己般忘情地吻着另一张陌生而苍白的脸。那张脸如同当初的自己带着心灰意冷的坚不可摧。面无表情的注视。她的虔诚终究抵不过那华丽的拈花似的把戏。这个天杀的女人,这场女人们的戏。百转千回之间学会如花似嫣的微笑然后转身不再。没有谁该对谁忠诚,女人之间也不例外。

她回到过去的家,鲜活的肉体迅速干枯并回到最初的状态,如同一块无法开垦的盐碱地,苍白而荒芜。她赤脚站在一尘不染到有些令人难堪的房间里,夹带着迫不及待的安静,发出一声小母狮似的低吼。仅此一声,然后沉沦。

幸福被遣散，快得来不及收藏就消失不见，毫无痛感。这个世界唯一不朽的就是谎言，她想。

每一个漆黑无比的夜晚，她都以一种最原始的方式去除身上所有的衣物，闭上眼睛，身体轻柔的与床单摩擦。那些不为人知的情欲在夜深之后以极其嚣张的姿态从每个毛孔里拖泥带水地爬出来。她像一只发情的野猫，呼吸嘈杂而急促，身体渐渐蜷缩成一团，以重回母体的姿势。温润的嘴唇吮吸冰凉的手指，旋即，那双潮湿的手擦着干涸的皮肤慢慢游向双腿之间。那个消瘦蜷曲的身体渐渐舒张，最后挺直，高亢到达。之后一切颓败，连呼吸都一并停止。

糖

【初】

阳光强烈得有些刺眼,照在柏油街道上,把地面熔化,闪烁着一层黑漆漆亮晶晶的油。路两旁拥挤着密密麻麻的店铺,散乱而毫无新意。每一块最显著的玻璃上都贴着"OPEN"牌,各式各样,横七竖八,无人光顾,路的尽头,糖果店为招揽顾客而用真材实料制造的硕大招牌糖果棒渐渐融化,滴滴嗒嗒地落下散发着甜腻气味的黏稠液体,如同松脂。偶尔有车飞驰而过,留下车轮曲折的纹理。整条街散发着氤氲的死亡的魅力。

她挽着一个头发很长的男人匆忙穿过街道,钻进一家不太引人注目的暗绿色小旅馆。如鸟巢般大小的房间里放着一张苍白的床。两个边柜,一盏灯及一些零碎的东西。点燃一只烟,凝视窗外。男人以惯常的姿势从身后抱住她,宽厚的大手穿过单薄的衣直抵呼之欲出的乳房。早已习惯了的拈花把戏。不躲闪,狠狠地抓住平整的床单。撕扯,纠葛。被揉皱的白色里搅和着暧昧不明的惊恐。

他们能做到的,只是短暂取暖的情人,并非天长地久的爱人。虽然火热,却不会被烫伤。离开的时候,她总是先走,留下男人独自看她的背影。

更换几把钥匙打开重重的门。恋人用猜疑的眼神在她的身上游移。轻巧地挽起一个精致但固执的发髻,淡淡微笑。他从不说娶她,也很少做爱。只是留她在身边,偶尔轻柔抚摸,用湿漉漉的舌头舔耳唇上的环形耳环,夹着被过分放大夸张了的孤寂。变本加厉地敷衍着泛滥了的虚情假意,而装作毫不知情地忽略干净。

【终】
她挽着一个头发很长的男人匆忙穿过街道,钻进一家不太引人注目的暗绿色小旅馆。同样急促的推门声让她下意识地回头,她和她的情人,她的恋人和他的情人,四目相对,悲伤地发现输给了绝望。长久以来他们始终在同一个地方偷各自的情,却从未交汇。爱情有时候,简单得没有理由。而他们,也许只是个不懂事的孩子。

疯狂地推开门冲到街上,尖锐而急促的刹车声中断了她的绝望。刺眼的阳光中。身体轻盈地飞向空中到达顶点又落下的那一刻。她忽然想起《性·谎言·录像带》里的那句话:男人努力爱上吸引他的女人,而女人则越来越被她爱的男人吸引。

目眩。那一年,她住天国 13 号,等待救赎。

阳光强烈得有些刺眼,照在柏油街道上,把地面熔化,闪烁着一层黑漆漆亮晶晶的油。路两旁拥挤着密密麻麻的店铺,散乱而毫无新意。每一块最显著的玻璃上都贴着"OPEN"牌,各式各样,横七竖八,无人光顾,路的尽头,糖果店为招揽顾客而用真材实料制造的硕大招牌糖果棒渐渐融化,滴滴嗒嗒地落下散发着甜腻气味的黏稠液体,如同松脂。偶尔有车飞驰而过,留下车轮曲折的纹理。整条街散发着氤氲的死亡的魅力。

Girl Interrupted

【初】

她的皮肤看上去光洁却又有些酸涩的味道,像淡黄色的清新柠檬。赤脚站在房门外,紧锁的眉头,苍白的嘴唇,蓬松的黑色齐耳短发。两侧的碎发已经汗湿,服贴地粘在脸颊上,刘海遮住眉毛,松松垮垮的白色纯棉睡衣包裹着瘦弱的身体。窗外的天阴霾冰冷,月光夹带着大片黑色泼进屋里。她伸出手,死死地握住门把。轻微旋转,门吱的一声被打开。

屋里开着空调,气温很低。下意识裹了裹肥大的睡衣。以细碎轻微的步态踱到床边,揭开单薄的凉被,一个熟睡着的成熟男人的身体。她脱掉那件厚实的睡衣,及时地打了一个冷颤,身体泥鳅似的滑入男人的怀里,扭动一下。男人下意识地挪动身躯,然后紧紧搂住她,宽厚的手掌在稚嫩的身体上细索抚摸。皎洁的月光无限亲吻着她薄凉的身体,一层一层,渐渐腐蚀全部伪装。幽蓝色的暗淡灵魂被肆意放逐。在男人如火般的拥抱中,以一种缠绵悱恻的温柔,赤裸起舞。

男人并不睁开眼睛,鼻腔里发出沉重的喘息。带着律动的节奏在她的身体上游移不定。渐渐的,他停下来,以她猝不及防的速度进入她的身体,嘴里呢喃地呼唤着另一个女人的名字。挺直脖子,把头向后仰去，同时发出一声坚定的呻吟。扭曲的灵魂带着罪孽深重的情欲从头顶压下来，直抵颤抖的心脏，用力挤压。汩汩地流出肮脏不洁的血，黑死一般。垂涎的体液浸润着整个身体，催生出高亢的欲望之光，却将圣洁的灵魂廉价兜售。夭折在梦境的幻灭里，遗弃热烈的亲吻，忘记悲伤的纪念，冲顶的快感紧紧尾随最后一班地铁毫无悬念地驶入终结。期许葬身在夜色里。孤独湮灭在黑暗中。那早已钙化的灵魂，飞啊飞啊，渐渐远去。

男人从她的身上滚下来，巨大的生殖器把娇弱的肉身撕碎并瓦解得溃不成军。她回头看着仍在熟睡当中一脸平静的男人，欢快地蜷缩起疼痛的身体。以猫般安静，闭上眼睛。

她在天有一丝微亮的时刻悄无声息地重新穿上睡衣。伸出手，死死地握住门把，轻微旋转，门吱的一声被打开，又被重新关上。一切恢复往日的平静。站在阳台上，深深呼吸。冷淡的空气带着清晨特有的潮湿暗香扑鼻而来。微微一笑，走回自己的卧室。躺下，睡熟。一连串熟悉的动作如同惯常。

【终】

天终于亮了。朦胧中听见隔壁的房间被沉重地打开。一阵犀利的洗漱声过后，男人走进她的房间，轻轻呼唤，是到上学的时间了。她缓缓睁开眼睛，握住那只温柔的放在她额头上的宽大手掌，用极其细微的声音呼唤一声爸爸。撒娇似的伸张开身体，等待他帮她穿上厚实的衣。男人柔情似水，爱怜地看着美丽但有些苍白的女儿。这是个无论从哪个角度看都被他宠坏了的女孩儿，无奈地拿起衣裳。

他们愉快地彼此微笑，谈论着一天的安排。没有人提起昨夜发生的一切，或者没有人记得。她心里缠绵。看着英俊的父亲，岁月的蚕食，母亲去世的疼痛，都不曾在这个男人脸上留下坚不可摧的伤痛烙印。只是在夜深人静的睡梦中，一切被无厘头的召唤出来，带着不可一世的罪恶，慢慢扩散蔓延。

她深爱眼前这个被她称做父亲的男人，变本加厉地撒欢以博得他全部的宠爱。再没有人能从他的身上获得比她更多的爱，这个恋父成癖的女孩。

她的皮肤看上去光洁却又有些酸涩的味道，像淡黄色的清新柠檬。

赤脚站在房门外，紧锁的眉头，苍白的嘴唇，蓬松的黑色齐耳短发。两侧的碎发已经汗湿，服贴地粘在脸颊上，刘海遮住眉毛，松松垮垮的白色纯棉睡衣包裹着瘦弱的身体。窗外的天阴霾冰冷，月光夹带着大片黑色泼进屋里。她伸出手，死死地握住门把。轻微旋转，门吱的一声被打开。

不睡觉的人

【初】

每当夜晚来临,她就感觉到一种极深极深的倦意。她知道,她不能睡觉,也睡不着,那样反而更疲惫。这是她唯一还游离存在着的意识。脱光衣裳呆坐在冰冷的地板上,寒冷会让人变得异常清醒。这个城市一年到头大部分时间都在下雨。层层乌云缠绕纠葛。被风吹散,吹散再聚拢,像卷曲的理不顺的发丝。潮湿的空气包裹着她凉薄的身体。关节发出咔嚓的声响,好似断裂。

母亲说她睡着的绝大多数个夜晚,都会带着无与伦比的好颜色在各个房间里穿梭奔走。走累了就蜷缩在角落用胳膊环绕蜷曲的双腿。头埋得深深的,看不见表情。

她对着母亲决裂地笑,笑里夹带着垂死的挣扎,却显现出全然不知的快乐。再也不肯睡觉。冷淡,固执,沉默,坚强,行走,停留,失眠,恐惧,恍惚,繁星,万劫不复。无需化妆而天然形成的烟熏妆。以及歇斯底里。像玛利亚身边等待救赎的可怜灵魂。卑微且不动声色地流泪。

神经有激烈的刺痛感。这场没有终点的漫游夹带着私奔似的绝望和逃离愈演愈烈。她目光涣散,皮肤枯黄干涩,头发油腻腻地纠缠在一起，行动从容微缓而游移不定。母亲说她会睡好，只要她愿意去医院。她对着母亲决裂地笑。笑里夹带着垂死的挣扎，却显现出全然不知的快乐，同往昔一样。

这个美丽妖娆梦幻又可怕的疾病纠缠着她。左脸颊贴近窗户上的玻璃，迷离地睁开眼睛看外面的雨。雨打在窗户上，有些许阵痛。任何一点小小的伤害都能要了她的命。

眼前出现一些恍然若失的故事。不断闪回，然后消失不见。

【终】
她颤抖地握住笔，恍惚记录下一些片段。一场场盛大而充满悬念的故事，**繁花似锦，无始无终**。一些扭曲的影子撕扯着心脏，变本加厉地放肆盛开大朵大朵的血花。精心编排过的场景被模糊地记录，然后狠狠地忘记。

她奋笔疾书，深陷剧痛当中却毫不知情。无人知晓的破碎依旧将警钟敲得剔透。习以为常的平静，像尘埃落定。她潦草书写下的这个城市最终还是在崩溃和激情中落败，如液体般蒸发后将一切污浊的暧昧遣散到空气中。手中那只绝望的笔颤动。一切在那些文字的笼罩下变得平和而安静。她终究还是找到了另一个关于活着的理由,与文字做爱,不再疼痛。

每当夜晚来临,她就感觉到一种极深极深的倦意。她知道,她不能睡觉,也睡不着,那样反而更疲惫。这是她唯一还游离存在着的意识。脱光衣裳呆坐在冰冷的地板上,寒冷会让人变得异常清醒。这个城市一年到头大部分时间都在下雨。层层乌云缠绕纠葛。被风吹散,吹散再聚拢,像卷曲的理不顺的发丝。潮湿的空气包裹着她凉薄的身体。关节发出咔嚓的声响,好似断裂。

小爱人

【初】

她不折不扣,带着固执的迷离缠绕在那个并不爱她的男人身边。仓皇走失,来到一个看不见自己的地方。四周都是怪模怪样的镜子,凹凹凸凸。她看着那些镜子,那些镜子里没有她。她想是她的皮肤坏了,眼睛坏了,头发坏了,身体坏了,身上的每一个细胞都坏了。她的疾病来自于骨髓,所以看不见自己了。她轻轻呼唤小小爱人。她是多么爱他啊。他眼神晃动的瞬间,用洁白的手抓起愤怒头发的时候,她就知道自己已经爱他了。窗外的太阳暗了,但他家里的灯还没有亮起来。她的小爱人啊。这一刻她还是无法停止爱他。

那个无与伦比的小爱人啊,是多么的天真迷人。她开始痴傻疯癫。我爱你,我不爱你,我爱你。拈花的微笑。花瓣是单数的。那张大大的、通往西班牙的地图,被丢在了哪个角落里呢?她跟随他的每一个动作。我爱你,我不爱你,我爱你。她的弗拉明戈。青年的女子跳不出弗拉明戈。它让她接触痛苦,却用诗般的节奏唱出这样的痛苦。他们去看巴塞罗那对皇马的比赛。他们是世仇,我们是爱人,她想。想像游走的瞬间,脚趾不停地动来动去,像跳跃的精灵。她茫然地数数。1,2,3,4,5,6,7,8,9,10,11,12,13。脚趾不是多就是少,她开始怀疑它们总是在不停地生长和死亡。

她写了一封最美丽的情书。站在床上,朗诵得掷地有声。我的小爱人啊。我们一起坐世界上最大的那艘船,它比泰坦尼克还要大还要美。甲板上到处都是黑色的乌鸦,多得让我们无法把脚落在上面。我们忧愁着。我们多么害怕踩死其中的一只。那黑色的血液会弄脏我们华丽的鞋子。于是我们跳来跳去,跳来跳去,乌鸦在我们的晃动中飞起又落下。最后,有一只白色的鸟停在你的手臂上。它注视着你。它的眼睛明亮得像一颗宝石。它的羽毛和你的皮肤一样洁白。你说乌鸦为什么是白色的。我的哦,我可怜的小爱人。你的世界多么纯洁一片。

那只长得像猫的狗。我美丽妖娆的小爱人啊,我像爱你一样深爱着它。我爱它不是因为它是狗,而是因为它像猫。猫会用猫砂,狗不会用猫砂。你问我如果狗跟猫住在一起能不能学会用猫砂,我说不能。猫只会跟狗学会到处拉尿——学坏总是比学好容易得多。但是我年轻的小爱人,拥抱一只猫远比打理一只狗容易。我想你还没有及时地了解这一点。那只长得像猫的狗,它在我的生活里忽然出现又忽然消失,在我还没有设法把它彻彻底底变成一只猫的时候就消失了。我走的那一刻。拥抱着它——像拥抱一只猫。

你问我是不是流泪的时候总是要吃很多巧克力。我其实不经常吃巧克力，虽然我经常流泪。我家冰箱的纸盒子里，放满了大大小小奇形怪状的法国巧克力。我从来不吃，我想它们最终会坏掉。可如果我吃掉它们，也许坏掉的就是我的牙齿。

我的小爱人，你知道我是有恋手癖的姑娘，我酷爱你的每一根手指，它们看上去多么轻盈而且美妙。当它们接触到我身体的时候。一股性欲穿透我的皮肤直接送到我的灵魂里。我晃动一下。我想和你做爱了。你脱掉你的NIKE球鞋，你穿了一双雪白雪白的袜子；我脱掉我的高跟凉鞋，我没穿袜子。

她热情高涨地读完情书，低下头看着男人。那苍白而面无表情的脸庞，让她的兴奋跌入万丈深渊。

【终】
男人像躲避一场瘟疫般逃离。她再也找不到那个男人。仓皇失措找到揉皱的纸，展平，胡乱涂写。

我的小爱人啊,你在哪里啊?我们应该天天做爱并紧紧地抱在一起熟睡。我经常在床上乱说话。我不记得自己都说过什么了。我找不到你这让我多么绝望,我把手伸向你的身体却什么都摸不到。我开始失落,我在一瞬间变成了性冷淡。我闭上眼睛,空气里有一个轮廓,我想着摸到轮廓也是好的。我的脸变得浮肿,像个泡芙。我受了打击,这比平日里更糟糕。

你离开了我,我再也找不到你了,我的小爱人,这让我看上去多么伤心。你还年轻,可我已经老了。靠近你。你的光芒烧得我皮肤生疼。爱情是我们最重要的生理器官。我的器官却已经早早地凋谢。没有你我又要开始借助安眠药才能睡觉了。你躺在我身边我睡得多么安详。你走的时候我蜷缩起身体抱着那只像猫的狗,它那一刻很乖,它那一刻真的变成了一只猫。

她不折不扣,带着固执的迷离缠绕在那个并不爱她的男人身边。仓皇走失,来到一个看不见自己的地方。四周都是怪模怪样的镜子,凹凹凸凸。她看着那些镜子,那些镜子里没有她。她想是她的皮肤坏了,眼睛坏了,头发坏了,身体坏了,身上的每一个细胞都坏了。她的疾病来自于骨髓,所以看不见自己了。她轻轻呼唤小小爱人。她是多么爱他啊。他眼神晃动的瞬间,用洁白的手抓起愤怒头发的时候,她就知道自己已经爱他了。窗外的太阳暗了,但他家里的灯还没有亮起来。她的小爱人啊。这一刻她还是无法停止爱他。

死者能舞

【初】

巨大微黄沾满血迹的壁橱镜映射着屋里的一切。猩红的绿色舞鞋，带着垂死的挣扎，斑驳不堪。细长的鞋带卷曲纠缠。屋里昏暗且凌乱。厚重的深蓝色亚麻落地窗帘阻止光线的入侵。空了的可乐塑料瓶散落在各个角落。进进出出爬了许多蟑螂。床上、桌子上、地上，到处都是被攒的皱褶的香烟包装盒。一些五颜六色的药片：Aspirin，安定，泰诺，米非司酮，黄连，以及 Ecstasy 和蓝色菱形的 Viagra。各种款式的胸罩和丁字裤被撕扯得残破不堪，散发着腥酸的霉味。两张15寸黑白照片，一个苍老的女人和一个苍老的女孩，五官出奇地相似。房间有些腐朽，让人疼得发不出声音。崭新的芭蕾舞裙悬挂在屋的正中央，敏感苍白，而且，纯洁。

喜欢站在镜子前穿上白得刺眼的裙子和那双格格不入的芭蕾舞鞋。脚面由于长期跳舞而突起一块巨大的骨头，如同畸形，芭蕾舞者所特有的迷人符号。她白天跳舞晚上也跳舞，荡漾着青春的芭蕾舞团，低靡下贱脱衣舞俱乐部。丝质柔软的白色舞裙，裸露着大半个乳房的黑色抹胸。竖起脚尖旋转舞步，劈开大腿扭动腰肢。圣洁粉红的天使妆，妖娆淫荡的烟熏妆。不断变换的角色，忘记自己究竟是谁。

她什么都可以脱，除了脚上那双绿色的舞鞋。即使脱光所有的衣裳与陌生男人纠缠在一起，肢体冰冷，叫声高亢。那些刻不容缓让她一丝不挂地轻易倒塌又强颜欢笑黯然收场，淡漠地在一场场激烈的肉体撞击后低着头空洞不语。不索取也不勾引。看不到眼神里的表情。苍凉的背脊在微弱灯光的照射下渐渐开出繁花似锦，如同一道道撕裂的伤口倾泻出的猩红的暗涌。四处散落的被暴躁男人撕碎的内衣裤，付钱的时候他们把买衣服的钱也算在里面。以施舍的姿态，淹没蔓延的动荡。

【终】
母亲身上插着五颜六色粗细不一的管子死在医院的时候，她站在腐朽的高台上将蕾丝胸罩甩在一个男人的脸上。乳房颤抖，在阴暗而毫无止境的地下，撩拨撕裂的情欲，永无尽头的深邃，以最原始的动物的身姿纠结然后决裂。黑暗急速地沉沦。她站在很高的地方，跟着一起沉沦。脚下是漫无边际的情欲沼泽，陷进去。被很多双苍白的手抓住，狠狠的，不放松。

揭开苍白的床单，欢快的悲痛。身体慢慢下坠，划出一道倔强的弧度虚情假意伪装坚强，直抵心脏后不堪一击地粉碎，在母亲孤寂的尸体里肆意拉扯分割。赤裸在大街上的疼痛，无处躲藏，却依旧保持决绝的距离。

母亲死了，再没有人催她拿出大把钞票塞进医院的黑洞，如同获得新生的孩子，从此不必在夜间跳舞，并制造一出出快乐的假象。当晚，一个男人爬上她的床。暴躁地撕碎内衣裤，肆虐地亲吻她毫无温度的身体。一把尖刀插进男人的喉咙，闷声呻吟了一下。暗红的血液喷洒到绿色的舞鞋上。拔出滴血的刀，以同样歹毒的方式插进自己的喉咙，连呻吟都没有。

一个滚烫的灵魂从猩红的血液里爬出，扭曲搁浅，冷冷地嘲讽腐烂的肉体。脚上穿着猩红的绿色舞鞋，舞动腰身，灵魂越舞越快，猛地扑向她已经萎缩的肉身。狠命拖到角落，用尖锐的针决裂地缝合糜烂的刀口，被四面八方暗涌而来的猩红液体深深埋葬。

Dead can Dance。死者能舞。

巨大微黄沾满血迹的壁橱镜映射着屋里的一切。猩红的绿色舞鞋，带着垂死的挣扎，斑驳不堪。细长的鞋带卷曲纠缠。屋里昏暗且凌乱。厚重的深蓝色亚麻落地窗帘阻止光线的入侵。空了的可乐塑料瓶散落在各个角落。进进出出爬了许多蟑螂。床上、桌子上、地上,到处都是被攒的皱褶的香烟包装盒。一些五颜六色的药片:Aspirin,安定,泰诺,米非司酮,黄连,以及 Ecstasy 和蓝色菱形的 Viagra。各种款式的胸罩和丁字裤被撕扯得残破不堪,散发着腥酸的霉味。两张 15 寸黑白照片,一个苍老的女人和一个苍老的女孩,五官出奇地相似。房间有些腐朽,让人疼得发不出声音。崭新的芭蕾舞裙悬挂在屋的正中央,敏感苍白,而且,纯洁。

MAIA

【初】

厚重的云朵起伏迭荡,被太阳光笼罩上一层闪亮的金边,亲切而诡异。偶尔透出些蓝色来,带着决裂的美丽,让人恐慌。也许真该这样掉下去,感受失重的堕落。她有些难过,低下头。密集的刘海垂下来,顽固地盖住光洁的额头。眼神嶙峋,滑落一滴泪,只一滴,落入深谷,激不起任何涟漪。心破碎成片片,激烈的交战,绝望并且疲惫。毫无痛感,只是短暂的反复缠绕,然后掉头就走,释放决裂的残忍。想逃离很远,却终究遁寻那苍凉的脚步停停走走。或蜗居,或奔跑,梳理着8年来凌乱又支离破碎的记忆,停留在某个寂寞忧伤的懵懂秋季。不断说服自己,接受半途而废的宿命。

他们躺在孤独的床上,像两个纯洁的孩子。轻柔地谈论散落在这座寒冷世界的喧哗。她脱下鞋子又脱下袜子,双手撑着下巴趴在床上。美丽寂寞的冰蓝色眼睛被沉沉的刘海遮住,在漆黑的夜里散发出妖媚的光。侧目看他的目光空洞,神情淡漠。

她叫 MAIA。蓬乱干枯的长发,苍白的面孔,闪着冰蓝色光泽的眼睛。有种美丽是盛大妖娆冷酷苍凉而不动声色的。恨透了这种华而不实的美。一次次手持尖刀戳向细致的皮肤,爆裂的鲜血渗透,暗蓝色血管纤细而倔强地充斥冰凉的躯体。海藻一般的蓬松长发死命地缠绕住修长光洁的脖子,痛并快乐。大她17岁的男人夺过她手中的刀。从此不再恶劣跋扈。

坐在高高的墙头以居高临下的姿态注视他。车祸,亏损,被盗,丧母。血色莲花在无情的车轮下妩媚地开。一出出悲剧在他身边接连不断地隆重上演又落幕。他的身体开始悬空,神经质地扶住墙的边缘,却只抓到一只苍凉的手。一转身,那张娇艳苍白而忧伤的脸。有一种人是命中注定的克星,招惹不得。北京,上海,苏州,南京,成都,昆明,香港。机翼摩擦云彩发出轰隆轰隆的声音。他的脖子冰凉一片,有被碾碎的快感,开始慢慢窒息,那张笑容无辜而绽放着不可一世苍凉美丽的脸庞。

她留在他最后一次离开的城市。记忆变得混沌不清,好像被水浸过已经有些发黄的老照片,夹杂着混乱的暧昧拼死绽放纠葛的姿态。长时间仰望天空,神情茫然而空洞。密密的刘海滑落两旁。偶尔有黑色的大鸟从天际疾疾地掠过,划出优美的弧线,最后变成一个黑点。再次举起尖锐的刀。

【终】

决意嫁给第二个夺过她手中的刀的男子。婚礼前夜，穿上妖娆的婚纱站在镜子前面，依旧绝美而苍白的面孔更加消瘦得没有颜色，不带一丝喜悦。突然想起8年前那高高的墙头和隐匿的克制，拨通那个封存已久的电话号码。脆弱的心脏在一瞬间破裂，空寂一片。

一层层剥落纠缠的衣。赤裸着孩子似的纯洁身体。垂下眼睑，遮挡住绽放着蓝色幽怨光芒的眼睛。颤抖的身体落满狂乱的吻。撕裂的疼痛结束生生不息的追随。落跑的新娘带着绝望而纯真的身体，华丽而盛大地逃回8年以前。

胆战心惊做他隐匿的情人。偶尔划过一丝寂寞酸楚。骨折，落马，离异，病痛。噩梦再次在他身边不怀好意地肆无忌惮。一些陌生而熟悉的疼痛扑向他。胃部突兀地抽搐，无力的瘫倒在床上。心脏跳动着迷离的恍惚。抓住一只手。那张笑容无辜而绽放着不可一世苍凉美丽的脸庞。有一种人是命中注定的克星，招惹不得。

再次扔下她。决裂地逃离。我躲藏。你来找。像没有尽头的游戏。

厚重的云朵起伏迭荡，被太阳光笼罩上一层闪亮的金边，亲切而诡异。偶尔透出些蓝色来，带着决裂的美丽，让人恐慌。也许真该这样掉下去，感受失重的堕落。她有些难过，低下头。密集的刘海垂下来，顽固地盖住光洁的额头。眼神嶙峋，滑落一滴泪，只一滴，落入深谷，激不起任何涟漪。心破碎成片片，激烈的交战，绝望并且疲惫。毫无痛感，只是短暂的反复缠绕，然后掉头就走，释放决裂的残忍。想逃离很远，却终究遁寻那苍凉的脚步停停走走。或蜗居，或奔跑，梳理着 8 年来凌乱又支离破碎的记忆，停留在某个寂寞忧伤的懵懂秋季。不断说服自己，接受半途而废的宿命。

影舞者

【初】

她出人意料地来。戴着惊心动魄的深蓝色假发。大大的墨镜几乎将那张精致小巧的脸全部遮住。皮肤苍白,有种病态的美。脱下黑色闪着亮片的吊带装。宽大的长裙。摘掉墨镜。化很浓的妆,各色粉末搽的满脸都是。一股隐讳的若有若无的香味从鼻孔一直流进去。赤裸着双脚在房间里辗转。点燃一只烟,钢制 ZIPPO 发出噌的一声,清脆而响亮,打碎房间长久凝固了的空气。灯光忽明忽暗。细小的尘埃颗粒在微光中游移,渐渐沉寂,散落在各个角落。破旧的唱机夹杂着执拗的声响流淌出沉沦的音乐。

暧昧的空气在屋顶急速盘旋,俯冲,下坠,入侵身体。他扑向她,坚硬而破旧的地毯深入皮肤,印上大片大片的红色斑点。颤抖而炽热的嘴唇摩挲光洁的肉体,稍微有些枯竭但不苍老。温热的液体顺着腿向下流。深蓝色假发粘着细密的汗水铺散开来。他伸出手,与她的手指交叉握在一起。聚集全身力量拼命碰撞她的身体,偶尔停顿,而后又缓慢地进入。黏稠的液体纠缠,过程冗长而挣扎。她安静地躺着。

男人赤裸着坐在沙发上,盯着一张一合的唇。这个意乱情迷的动作让他立即陷入到一种眩晕当中。她的嘴唇非常软,说话的时候带来很多幻想。她每次离开的时候男人都不挽留。放弃兴致勃勃要奔赴的爱情，刻意保持距离，不融合。她说有人在等她，所以急匆匆地来又急匆匆地走。偶尔散落一些微小的饰品，不找寻。地毯上的液体渐渐凝固，留下一大片天花乱坠的万劫不复。

她出人意料地来。戴着惊心动魄的深蓝色假发。大大的墨镜几乎将那张精致小巧的脸全部遮住。皮肤苍白，有种病态的美。脱下黑色闪着亮片的吊带装。宽大的长裙。摘掉墨镜。化很浓的妆，各色粉末搽的满脸都是。一股隐讳的若有若无的香味从鼻孔一直流进去。

带着朦胧美丽的女子站在她面前。皮肤惨白。抬起一只手放在颤抖的不太大但很有弹性的乳房上，另一只伸向双腿之间。那个身体剧烈地发抖和她一样发抖。坚忍不拔的性感在两个女人之间流淌着生生不息。四只脚仿佛踩进柔软的沙里，温柔而无法抵挡地下坠。她的喉咙里发出前所未有的浓厚的小野猫一样的低吼，像在呻吟又超乎呻吟之外。

【终】

敲开那扇白色的门,她一丝不挂地出现在眼前。光滑的木制地板上凌乱抖落一些衣物。娇嫩而暧昧的女声呼唤她的名字。四目相对,她有些措手不及。看着她骄傲地张贴着特立独行不可一世的微笑。眼里闪烁的痛苦像一条细长混沌的河岸边四散疯长着的暗绿色斑驳的芦苇。身体被渐渐缠绕,越陷越深。歇斯底里的绝望并不因为她同时爱着男人也爱女人,而源于她是做男人比做女人更性感的女人。

那些她曾经树立的坚不可摧的防线,掀起的带着尖锐刺刀的浪花,演绎的明目张胆的分裂,种下的歹毒而残暴的符咒,张贴的欲盖弥彰的启示,收敛的腐烂破裂的伤口,终究在角色的微妙转变中被轻而易举地诠释。

她出人意料地来。戴着惊心动魄的深蓝色假发。大大的墨镜几乎将那张精致小巧的脸全部遮住。皮肤苍白,有种病态的美。脱下黑色闪着亮片的吊带装。宽大的长裙。摘掉墨镜。化很浓的妆,各色粉末搽的满脸都是。一股隐讳的若有若无的香味从鼻孔一直流进去。赤裸着双脚在房间里辗转。点燃一只烟,钢制 ZIPPO 发出噌的一声,清脆而响亮,打碎房间长久凝固了的空气。灯光忽明忽暗。细小的尘埃颗粒在微光中游移,渐渐沉寂,散落在各个角落。破旧的唱机夹杂着执拗的声响流淌出沉沦的音乐。

三十七度仰角

【初】

她将头轻微向上仰起,闭上眼睛,努力寻找干净的空气呼吸,以最初的姿态。橙色的房间温暖而干燥,夹带着淡淡的忧伤。墙壁凹陷的部分嵌着巨大的投影屏幕。沙发上散落不少影碟和唱片。她将大把大把的时间花在那些碟片上而代替其他的事情。长久的恐惧,抵触很多东西。精神高度紧张所带来的幻觉铺天盖地地席卷而来。在漆黑的深夜放肆成一种状态在她身边深度弥散开去。

母亲时常来看她,除了给她钱还带很多缓解精神紧张的药物,试探性地劝说她回家。无声抵抗,长久封存的往事,像蜿蜒曲折的河在两个女人之间默默地流淌,没有谁刻意提起,却总在无意间被欲盖弥彰的伤口揭穿,撕扯着赤裸裸的疼,一次又一次奔赴向几年前那场华丽而盛大的深渊。慈悲的继父,散发着腐朽气味的小赌场。浮华的生活,不知疲倦,反复循环,愚蠢而固执地与稻草人比拼坚强。

可耻的孤独夹着卑微的敏感不断入侵身体。她抬起头,呈三十七度仰角。继父把她放在腿上亲昵,温柔地用细密的胡茬刺她幼小的脸。奋力抵抗,挣脱。他不是她的父,他只是那间潮湿阴暗赌场的老板。大把的钱从他的手上流过,流到她的身上,带着肮脏腐朽的气息飞扬跋扈出不朽的光泽。他爱她像亲生女儿,她恨他像渊源世仇。

固执地搬离那个豪华硕大的别墅,在离家很远的城市的角落离群索居。被剪掉的阳光咧开嘴,掉落在阳台上。屋外寂静出一种薄凉的状态,黑漆漆的天阴霾着堕落;屋内温柔而安静,荡漾着蛋黄的灯光游弋在房间的各个角落。成熟的女性身体在黑夜里绽放。她是美丽娇小而矜持的。手指内敛而羞涩地游移,撩拨封存的隐抑。她闭上眼睛,脸颊绯红,寂寞的身体散发着撩人的信息。从未有人触碰过的孩童之躯,用深沉的欲望抵抗夜的恐惧。整夜整夜不能睡,偶尔朦胧却做着清晰无比的梦魇。俊美的男子来了又走,劣质的拥抱带着虚假的交易呼啸而过。只在她纯洁的身体上留下雄性荷尔蒙的味道,仍然独自一人呆在原地。

【终】
她目光渐渐呆滞。缺少维生素的双手越来越干枯粗糙,揎出大块护理霜把手涂得油腻腻的发亮。依旧横七竖八地恣立起尖锐的倒刺,扎得手指生生的疼。厌倦地放进嘴里用牙齿撕扯,流出鲜红的血,用力吮吸,下咽,充斥新鲜的腥热。不理会,身体的疼痛总是好过神经质的心乱如麻。

渐渐习惯烟草的味道。手指上,衣服上,头发上,淡淡地弥散却挥之不去。如同固执的思念远方故乡的感觉,牵绊着若有若无的娇嫩唐突而真实。她蜷缩在沙发上,长久地睁着惊恐的双眼,苍白的小脸干枯得毫无颜色,只是在母亲到来的时候被潦草地粉饰一番。母亲和继父的爱一直没有唤醒她的心,他们爱得越深她就越恐慌。这种惊恐变成一种状态被她拖泥带水地拉进梦里,造就无与伦比的失眠症。而恍惚游离见渴望的,只是一个能够给她安全感的男人。

她将头轻微向上仰起,闭上眼睛,努力寻找干净的空气呼吸,以最初的姿态。橙色的房间温暖而干燥,夹带着淡淡的忧伤。墙壁凹陷的部分嵌着巨大的投影屏幕。沙发上散落不少影碟和唱片。她将大把大把的时间花在那些碟片上而代替其他的事情。长久的恐惧,抵触很多东西。精神高度紧张所带来的幻觉铺天盖地地席卷而来。在漆黑的深夜放肆成一种状态在她身边深度弥散开去。

一株木棉

【初】

黑暗的眼睛刻在苍凉的背上,像是在无情地嘲讽注定要成为傻瓜的人。用长发尽可能地掩了脸,不愿意注视那已久的注视。感情原本来得卑微。在冰冷的夜里身体对自己说,你将死于一场同体受精的意外。她始终不明白,为何是他们选择坐她的身边却是自己落荒而逃。起立的时候,所有人都投来注目礼,目光相对时伤心地发现输给了自尊。哦,她的 Seven star,白色的修长的烟。她原本打算将那糜烂和暧昧扔出身体,却悲哀地发现她是多么地需要这些,在她像哑巴一样说不出话的时候。相识可以有很多种,比如偶遇,比如不幸福。当每个人都在喋喋不休讲自己跟幸福有关的故事时,她发现只有自己是一清二白的。她还没有幸福的故事,至少是时间短暂的还没来得及发生那些故事。她的心开始鲜血淋漓地匍匐前进,是不是出没深夜的女子就是这样,习惯在夜里慢慢收拾白日的伤口,但倘若夜也有伤口呢?

她背着宽大而深厚的棉布包,包里散乱放了许多绘画用的铅笔水粉油彩纸张。深深低下头,急匆匆地赶往画室。画布上的男子,被无休无止的风卷起裤管仓皇地呈现孤独。她凝神注视,目光渐渐远去。那曾经凌乱的长发和湿淋淋的脸。消瘦细长白皙的手指握住铅笔。手背上淡蓝色的血管轻微突出。笔尖颤动,勾勒出一张似是而非的女子的脸。那女子开始着迷啊，迷上了他也对他的职业深深敬礼。

人生原本只是一场勾引。他后来在她的记忆里渐渐消失。她后来并没有考与绘画有关的学校，而是成了一个以写字为生的编剧。那个九月似的姑娘啊。站在萎缩了的月光下，垂暮着黑发，尽掩悲伤。撕裂的汽车喇叭声呼啸而过，将瘦长的影子狠狠碾碎。在宽畅坚硬的地面上。一个男人抱住她。回眸，惨淡的说话，请不要再对我望。

迅速坠入另一段爱恋。以暗淡而不动声色的方式活在他构筑的城市底下，与阳光隔绝，长时间听踢踏的高跟鞋声凌乱而奔忙地踏过头顶。她难过极了，低下头安静地看着自己赤裸的脚踝。那双苍白的脚啊，被冤孽的债牢牢锁住，举步维艰。她闭上眼睛，多么令人忧伤地存在。那日渐萎缩而变得孱弱不堪的灵魂纯净如处子般柔软而又无能为力。

男人带着一身风尘和坚果的味道来找她，无辜纯洁又厚颜无耻地张扬着两个都爱的鬼话撕扯她的心。他说话的时候深邃黝黑的眼珠里闪烁出的光泽清洌。她微不足道地躲进抽屉，靠啃噬记录本上拖沓而缠绵的字迹活着。城市地上的街道广场霓虹灯光在她的生活里渐渐变得模糊不清没有任何形状。她想象那些都只是童话里的建筑，与现实无关。

【终】
他远远地去了她无论如何都够不着的城市，带着一个更新鲜的女子。她迟钝地给生活搬家，从地下重新搬回地上，最后一次回头凝望那阴铮的荒茔。一切完好，但毫无希望。身体因长时间的潮湿并搁置渐渐变得苍白，包裹着绝无仅有的信仰，以前所未有的隐形的穿透力，撞击出一条细密的裂缝。

太阳光劈在脸上身上，把那在阴暗处闪闪发光的疼痛照射得无处可逃。倏地一下钻进骨髓，扎的血液生疼。她攥紧那对单调的小拳头，昂着头，竭尽全力支撑起骄傲的姿态，等待下一次的飞翔。

她躺在床上朦朦胧胧，伸出一只手在黑暗里摩挲。空气冰冷划破掌心。男人时常不动声色地来到她梦里，在早晨来临之时藏在太阳和云的后头，云头被太阳光染成鲜红的颜色。她渐渐感觉那天空其实太血腥，像殷红的血狸子，像不朽的梦。她意外地对自己失望。原以为背转身去就能看到一个不同的未来,到头来却只不过是欲盖弥彰般的自欺欺人。

一边想,一边遗忘。

黑暗的眼睛刻在苍凉的背上,像是在无情地嘲讽注定要成为傻瓜的人。用长发尽可能地掩了脸,不愿意注视那已久的注视。感情原本来得卑微。在冰冷的夜里身体对自己说,你将死于一场同体受精的意外。她始终不明白,为何是他们选择坐她的身边却是自己落荒而逃。起立的时候,所有人都投来注目礼,目光相对时伤心地发现输给了自尊。哦,她的 Seven star,白色的修长的烟。她原本打算将那糜烂和暧昧扔出身体,却悲哀地发现她是多么地需要这些,在她像哑巴一样说不出话的时候。相识可以有很多种,比如偶遇,比如不幸福。当每个人都在喋喋不休讲自己跟幸福有关的故事时,她发现只有自己是一清二白的。她还没有幸福的故事,至少是时间短暂的还没来得及发生那些故事。她的心开始鲜血淋漓地匍匐前进,是不是出没深夜的女子就是这样,习惯在夜里慢慢收拾白日的伤口,但倘若夜也有伤口呢?

墓碑上的青春

【初】

给根烟。我没有烟有火。火也好。没烟要火干吗。你没烟就有火。在忽明忽暗闪烁的灯光下。她苍白的脸强烈痉挛。额头布满密密麻麻的汗珠。从地上捡起一块玻璃碎片,划向淡蓝色血管。皮裂了。血管完好无损。长久历练只培养了坚硬的器官。稻草填充的心经不起燃烧,于是死了。有一种病叫精神分裂,不痛。

男子带着一脸干净的微笑,温柔地说要带她走。跳上那辆宽大的机车,私奔,流离失所。细微的尘埃颗粒钻进她敏感的皮肤。收拾起歇斯底里的骄傲,跟着他走。单薄的丝质纱衣,瑟缩在风里的紧张匆忙。蹲在地上,该死的胆囊剧烈的疼痛撕扯着她,大口大口喝着冰水。洁白而幼稚的脸孔挂上蜡黄的颜色而失去她这个年纪该有的明媚。

男人经常在夜晚把发动机轰得震耳欲聋留下她离去。他说如果有一天他死在车上,至少可以不让她看到那具横陈的尸首。她躺在床上,精神恍惚。床边放着他出门前倒好的水和两盒烟。远看起来,床凄冷得让人悲伤。心像一条衰弱的白棉布。意外地感到自己的坚强其实不够用。意外地对自己失望。天黑得那么厉害像永远都不会再天亮了。这样也好,明不明天都无所谓了。月光神经质的劈在脸上。她像是个兴奋的幽灵。

【终】
厚重的门被凝重敲响的时候,她正伸出被窝里的一只手,抚摸空气,空气冰冷划破掌心。她打开门,刺鼻的血腥味扑面而来。他们说他死在公路上。他们满手是血。长久封存的疼痛,瞬间轰然倒塌吱嘎作响。她站起身,仰起头喝一大口冰水再吐出去。刹那间慰藉若即若离。所有华丽而决裂的暧昧,在她呼啸而过的暴虐中熄灭。原以为赤裸裸的宠幸终将变成华丽的篇章,不想却只是无疾而终的片段,飘然掠过。

那团带着红色头盔趴下身体飞驰而过的火在她眼前晃晃悠悠,以摇摇欲坠的姿态。被判死刑的灵魂痛苦地挣扎着离去,支离破碎成华丽的尸体,骨头松软坍塌。残破的生活让思维过早地放空干涸。她脱离痛苦大声哭泣。神经里不再有任何关于那个男子的记忆。庄严的告别仪式上,她大声说着不朽不朽。这座敏感又危险的城市,终究是座离别的城市。那些早已成形的暧昧,不过是片刻缠绵过后的虚假繁荣。

她拖着大包小包和十几个破旧肮脏的、民工用的编织袋回了家。在母亲惊恐的目光中使劲地把那些肮脏的行李袋往房间里拽，拽不动，里面装满他的头盔和那辆火红机车的残骸。光洁明亮的地板在身后留下几道灰黑不洁的印记，一直留着，没怎么干净过。

她开始容身于恐惧中。强迫自己狠狠收敛起撕扯着的伤口，伤感，绝望，把一切寂灭。混合夹杂着干枯的血腥和浓重汽油的味道的暗红色。沉重地压在头上又恍然摘下。轻轻抬起头微微动了动嘴唇，想呐喊但无法发声。眼睁睁地看着心被撕扯得粉碎，那声音如尖锐的警笛划破所有寂静。整个世界都在坍塌，粉碎的瓦片擦着身体陨落。

偶尔抱着被撞得面目全非的头盔，呆坐在他的墓碑前，痴痴地流出些温热的泪水，全无知觉。她用沉默的方式祭奠死去的恋人。摩擦着血流的记忆。咿咿呀呀呻吟着那些他曾经说过的话。攥紧袖口，拼命擦拭黑白相片里那张坚定的笑脸。新鲜的还未长出杂草的墓碑里，渗出血红色的鬼魂。贪婪地抓住她的手不放，露出狰狞而皎洁的牙齿虚假地说着不朽不朽。

她胡乱涂抹掉脸上的脂粉，撕下牢牢粘在眼皮上的假睫毛，使劲瞪大眼睛却无论如何都流不出一滴泪。那卑微的唯一还活着的缠绵啊，为何落到如此颓败的田地？她用力咬住下嘴唇，有鲜红的血渗出。她俯下身，用那明晃晃的血色亲吻冰凉的墓碑，印上去，快速风干，形成久不退却的吻。那满心的伤痛啊，却无论怎样都刻不出。微风吹动，墓碑周围飘过潮湿新鲜的青草芳香和野花的味道。他的影子恍恍惚惚出现在眼前，微笑亲吻她的额头，将大段大段蔓延滋长的绝望遗弃在半空中。牵住她说要带她走，选择去地狱或者天堂。说吧，别扭怩着身体躲在这凉薄的墓碑后了吧。被风一吹，了无痕迹。

一个男子带着一脸干净的微笑，温柔说要带她走。一如当初。她缓缓站起身，高高地挺立在床上。低下头，以一种异常高傲而又决裂的姿态看着站在床下惊恐地盯着她的男人。看着在眼前缓缓倒塌的世界，沉默而又坚定。一刹那间，全世界都在流泪。像至尊的神身边那些乞求重生的孤魂野鬼，凄凉而怨恨。

将苍白的手伸向男人，索取一只烟。

给根烟。我没有烟有火。火也好。没烟要火干吗。你没烟就有火。在忽明忽暗闪烁的灯光下。她苍白的脸强烈痉挛。额头布满密密麻麻的汗珠。从地上捡起一块玻璃碎片,划向淡蓝色血管。皮裂了。血管完好无损。长久历练只培养了坚硬的器官。稻草填充的心经不起燃烧,于是死了。有一种病叫精神分裂,不痛。

作 (zuō)

【初】

落寞消沉的茂名路,散发着妓女身上廉价香水的怪味,尖锐地刺穿来来往往路人的鼻腔。小酒吧的服务生歹毒而逼真地把客人生拉硬拽进去,背离这条路残留的诗意。她深深地低下头,双手插进口袋,快速穿越直抵不远处的家门。钻进去,消失不见。

她是上海女人中很典型的作 (zuō) 女。从不工作,父亲会定期从国外寄钱给她。独自住在弄堂的老房子里。消瘦的身体,尖锐的下巴,细长苍白暴露着蓝色血管的手指,带着特立独行不可一世的歹毒。站在人群的边缘,与整个世界离散。谈过几场可有可无的恋爱。残暴地祸害着已经拥有的和永远无法得到的。最终背离所有感情。独自面对。

那个阴暗又有些潮湿的房间地板踩上去发出咯吱咯吱的响声。没有举家搬迁到国外的时候,一家人都挤在那房子里。现在只有她一个人,孤独地徘徊在漆黑的夜晚。跌坐在地上。缠绵悱恻的黄色烟草再次带来一些激烈的画面,不受任何思维控制地慢慢逼近。橘色的沙发里陷进去一个披头散发的女子,低着头,看不清脸。指尖蕴涵斑驳的血迹,干燥,停留。唱机里的音乐忽远忽近,像游移的女鬼。穿红色裙子的胆怯小女孩走过去,轻轻拉扯女人的衣角。被女人狠狠拽进怀里，拼死地抱着，无法呼吸，听不到哭声，也没有心跳。

画面切换。窗外下着密密麻麻的春雨。披头散发的女人吊死在房梁上，脸庞散发着酱紫色的光，把空洞的房间照得通透。小女孩跌坐在地上，刺骨的麻木渗透整个身体，看着高处挂着的飘飘荡荡的尸体，不知所措的恐慌渐渐转变成歇斯底里尖锐的哭叫。雾状的灵魂从肉体里挣脱出来，苍凉抚摸她的脸。裙子下面湿了一片，毫无知觉。

【终】
母亲死了。她也没再活过来。时常在梦里感受失重，身体快速下坠，砸在干涸的泥土上，摔得粉碎。暗红的血流进土里，变成黑色。朦胧中有孩子刺耳的叫声，如同她小时候看到母亲吊在半空中飘摇时的撕裂。很多人挪动她的身体。有破碎的疼痛。一些冰冷的仪器在肉体里穿梭，粘上去就扯不下来。医生惊恐万分，用锋利的剪刀剪裂她的皮肉，取出闪烁着完美血光的手术刀。微微睁开眼睛，一滴血滴进眼里，刻不容缓地闭上，不再睁开。梦醒时，身体下面湿成一条河流。

医生说她的肾脏没有病。病在心里,医不好。带着纯洁而歹毒的脸庞走出医院。站在刺眼的阳光下举头眺望。善变,自私,特立独行,自卑的骄傲无懈可击。夹杂着衰竭的美艳和轻微暴力的身体弥散无法阻挡的蜡黄。长发掩饰整张面孔,顿挫而浓烈。日复一日。

父亲时常打来电话询问她的情况,描述得越糟糕就能收到越多的钱,这是她唯一的筹码。在茂名路的大小酒吧挥霍掉大把大把的钱,所到之处嚣张地扬言这个晚上由她埋单。男人走近她,捧起那张脸,毫无粉饰的苍白美丽,挂一丝笑,然后消失不见。

她成了茂名路上有名的作女。带着低廉的虚情假意穿梭,偶尔带男人回家做爱却从不留宿。很多人上过她的床,没有一个人停留的时间超过两小时,也没有人知道硕大的衣柜里,整整齐齐地放着很多套洗得很干净的床单。那散发着淡淡洗衣粉香味的苍白的床单下面,常年都铺着大片大片的尿布。

落寞消沉的茂名路,散发着妓女身上廉价香水的怪味,尖锐地刺穿来来往往路人的鼻腔。小酒吧的服务生歹毒而逼真地把客人生拉硬拽进去,背离这条路残留的诗意。她深深地低下头,双手插进口袋,快速穿越直抵不远处的家门。钻进去,消失不见。

痛苦的信仰

【初】

破旧的绿色帆布包里放置了一些简单的衣物和日常用品。从一个城市奔走到另一个城市。每一刻离开,都是一次蓄谋已久的暗涌,却异常执著坚不可摧。在那些声嘶力竭的咆哮里,随手丢弃许多片段,不怜悯,从不要所谓的怀念。带着盲目而无穷无尽的痛苦信仰独自上路,走了就绝不回来。

她对陌生的城市着迷。疏冷的空气,沉默的人群,残破不堪的沦陷和堕落。没有人知道谁是谁。纠缠着唯一的信仰玩一场不留痕迹的游戏。无关输赢。用离别的傲慢姿态掩饰落荒而逃的狼狈,然后重重地呼吸雀跃。回首看满处狼藉的碎片和惊慌不安的人群。会心微笑,带着婊子似的歹毒。

她在跟随父亲一次次无休止的流离中学会了嗅出不同城市的气息。父亲说母亲在远方,于是带着她从北京到上海,然后一路南下。直到父亲吐血死去的那一刻,她都没见过任何一个愿意把她称为女儿的女人出现,却深深地明白,到不了的地方都叫远方,回不去的名字都是家乡。把所有到过的地方统统留在鼻腔里,继续奔波。她不再寻找母亲,她只找自己,找那些从小到大渴望已久的安定生活,却如同脱了线的木偶一再七零八落地挥霍到手的幸福。

吞下五颜六色的药丸。赤裸着身体长时间躺在一个地方一动不动。同时和两个男人做爱,疼得撕心裂肺却表现得如云彩般翻转快乐。欲擒故纵地掩饰坚不可摧的信仰里那一直刨根问底探究的安宁。狠狠地收拾行装,用伤心绝望歇斯底里泛滥了的虚情假意将处心积虑构建的一切幸福假象毁尸灭迹。

那些同病相怜的可怜男人们,他们来过。遗忘了彼此约定的规则,只能在她带着奔走的轨迹离开后彼此回望,寻不见一丝踪迹。

她在苏州停留了很长一段时间。住在一个同她一样苍白的男人家里,彼此寻找慰藉。来不及成熟就已经凋谢了的感情,带着苍白的颜色肆意流淌。反复纠缠过后,以最初纯洁的姿态相拥躺在冰冷鲜艳的红色床单上。男人说他们可以年复一年这样躺着,直到死去。不曾掀起高昂的激情也就无所谓冰冷的背弃。于是在无人知晓的房间,过着无性无爱无极无终无所畏惧的生活。

【终】
收拾了一些简单的物品打算离开。这个城市的味道严重阻塞了她的呼吸道。阴郁的潮湿夹带暧昧不明的气息越靠越近,包裹住她。

张扬着恶心的情绪呼啸而过,连一丝细微的纠葛都没有。她需要义无反顾的再次奔走,心里反复纠扯着的信仰痛苦而清晰,带着盛大华丽的忧伤不可一世地掠过,竭尽全力把谎话说得完美,却全然无法掩饰低劣的表演。

男人狠狠地抱住她,将头埋进她丰满的胸部,一些滚烫的液体炽热地燃烧她的身体,毫无痛感。至今令她着迷的只是这场永无休止的恣意奔走。男人缓缓抬起头,眼里带着决绝。猛地咬向她苍白的莲藕色的脖颈,一缕丝滑的血顺着嘴边流出,然后大股大股地喷射。疼,却不发出任何声响,一如既往的固执和沉沦。她皱紧眉头,看一眼吸血鬼似的男人。一只手拼命按住爆裂的血管,另一只手拎起那个破旧的绿色帆布包,踉跄着冲到街上,栽倒在暧昧且连绵不绝的小雨中。被好奇的路人围住。指指点点,议论纷纷,只是没有一个人拨通医院的电话。那血,混着地上夹着泥的雨水,从围观的人的脚边流淌而过,最终流进肮脏腐朽的地下水道。

破旧的绿色帆布包里放置了一些简单的衣物和日常用品。从一个城市奔走到另一个城市。每一刻离开,都是一次蓄谋已久的暗涌,却异常执著坚不可摧。在那些声嘶力竭的咆哮里,随手丢弃许多片段,不怜悯,从不要所谓的怀念。带着盲目而无穷无尽的痛苦信仰独自上路,走了就绝不回来。

蔷薇里开出了一条鱼

【初】

她咧开嘶哑的嗓子，声音被一口痰死死卡住。使劲握住话筒，勉强挤出一些笑。泛滥了的塑料花砸向她，其中一支不偏不正砸在头上，与头顶上那支巨大的白色假花并驾齐驱。人群里传出一些尖锐的笑声。兴奋而高涨的情绪盖过先前的不耐烦铺天盖地地从半空中压向那个不大的舞台。她猛吸一口气，死灰似的脸上肌肉细微地抽动几下。双颊收紧，涂抹了厚厚脂粉的高高隆起的颧骨像荒凉的坟头上供着的僵硬干裂好似石头般的馒头，凛冽而突兀。酒红色的干涸嘴唇紧闭并印有一排深深的齿痕。裸露的丝质衣物或多或少暴露着她身体的衰败。顺着那丝向下看去的隐秘处，有一个被烟头烫破的洞。只有那紧握 MIC 的十只艳红色细长的假指甲在出离苍白的状态中凸显着高傲的色泽，坚硬得彼此撞击出刺耳的声音。与身体无关。

她来的时候，脑袋后面挂一条粗粗的马尾。一张嘴吐出一串清亮的声音。张皇地抓住那只优雅地夹着香烟的白皙的手。惊恐地吸进去。踉跄着后退。咳出些眼泪来。几个人架住她的胳膊，连拖带拽揉进了后屋。些许时间，她双手夹紧在胸前，紧张而羞涩地出现。

第一天晚上,她穿露着半个乳房的衣服上台。低着头,一首又一首地唱。瘦弱而紧张的肢体散发无穷诱惑。一些喝彩,又一些高亢的口哨。她坐在高高的吧凳上,裸露的膝盖光滑,印着男人炙热的目光。休息的时候,她低头坐在角落。一个男人捧起她的脸,端详一下,再放开,动作温柔熟练。她找不到反抗的借口,抓起装满烈酒的酒杯,一仰而尽。

她突然陷入某种高亢的情绪中。勾住男人的脖子,用裸露的身体摩擦。从四面八方倾泻而来的刺痛分割绝望的身体。男人的眼里闪过一丝狡谲的笑,嘴角上仰的弧度让人深深地疲惫,在黑暗的酒吧里擦出闪亮的火光。

【终】

分辨不清面孔的昏暗酒吧里,她低头坐在角落。桌子上放着一瓶所剩无几的烈酒。酒精流遍全身,身体有些瑟瑟发抖。握住酒瓶一仰头,咕咚一声。那头又旋即低下,只是在俯仰的瞬间。细长白皙的脖颈散射出的白滑中,灵动一丝青春的印记。只一丝,便消失不见。

她歪歪斜斜地站起身，拎着酒瓶向洗手间走去，一声清脆的声音，玻璃的碎裂划破压在人头顶上厚重的暧昧不明的空气。她褪下白色的内裤。坐在肮脏的马桶上。叹口气，然后无声无息。嘴边跌落的烟灰把丝质的裙子烫出一个洞，咝的一声，些许焦糊的气味升腾。她抬起头，狭窄暗绿色的的墙壁上贴着一张有大片蔷薇花开的小画，被人涂涂写写，显得有些破旧而又肮脏不堪。她渐渐出神。眼前荡漾出一大片蔷薇花海，绚烂且夺目，腐朽的香味追着鼻腔。她看见自己弓起身体，重重地打了个喷嚏。不远处的地方，一只巨大的蔷薇以极其迅猛的速度绽放。她瞪大眼睛，看着眼前发生的一切。一条闪闪发光的鱼被托起，一跃一跃的，划出一道道闪光的完美弧线。闭上眼。肉体站在原地灵魂却远走高飞。渐渐的，与那只蔷薇里开出的鱼融合在一起，悄然离去。

有急促的敲门声响起。"妈的。上个茅房都不让人消停。"她嘟囔了一句。被剥离的灵魂倏地又重新钻回到体内。她哆嗦了一下，提上白色的内裤，开门出去。门口的人向内张望，除了一些烟头和酒瓶的残骸，什么都没有发现。

她咧开嘶哑的嗓子，声音被一口痰死死卡住。使劲握住话筒，勉强挤出一些笑。泛滥了的塑料花砸向她，其中一支不偏不正砸在头上,与头顶上那支巨大的白色假花并驾齐驱。人群里传出一些尖锐的笑声。兴奋而高涨的情绪盖过先前的不耐烦铺天盖地地从半空中压向那个不大的舞台。她猛吸一口气,死灰似的脸上肌肉细微地抽动几下。双颊收紧,涂抹了厚厚脂粉的高高隆起的颧骨像荒凉的坟头上供着的僵硬干裂好似石头般的馒头,凛冽而突兀。酒红色的干涸嘴唇紧闭并印有一排深深的齿痕。裸露的丝质衣物或多或少暴露着她身体的衰败。顺着那丝向下看去的隐秘处,有一个被烟头烫破的洞。只有那紧握 MIC 的十只艳红色细长的假指甲在出离苍白的状态中凸显着高傲的色泽,坚硬得彼此撞击出刺耳的声音。与身体无关。

TATOO

【初】

年轻的文身师撕开像一次性注射器一般大小的袋子,取出一根极细的钢针,装在针管形状的文身机器上,固定,钢制的冰冷机器在接上电源后产生无穷的动力,按动按钮发出嗞嗞的撕裂般的声音。她看着他消瘦的手指捧起自己柔软的乳房,不动声色,冰冷的手掌刺痛了她。

他在她苍白的乳房上作画。手指偶尔不经意地触碰一下浅褐色的乳头,小巧的乳头膨胀并坚硬起来。男人低着头,专注地盯着手中的作品,好像并未发现她身体的变化。身体流出放荡的淫欲。她将脸扭向别处,那个唯一可以溅进光线来的窗户,被他用窗帘遮挡得密不透风。灯光暗淡。唱机里 TOM WAITS 的沙哑声音盘旋上升。她望着自己的身体,乳房在光线的照射下反射出忧伤的苍白。房间的角落积着大堆暗黑色发霉的报纸,透着腐朽潮湿的气味。

刺骨的疼痛通过乳房直扎向心脏。潮热的鸽血混合着她的血液流遍全身。他在她的身上雕刻着传说中的 TATOO,只有在酒后才会显现的图形。华丽的技艺,凄美的身体,做作的血液以高调的不可一世从皮肤里渗出。骄傲的芬芳,浓烈而又顿挫。

半年后她再次光顾那个昏暗狭小的工作室。他坐在那里,用工作似的专注状态发呆。她脱下裙子,再脱下内裤。她不知道自己究竟是对文身上瘾还是对他上瘾。收敛起欲盖弥彰的自己,赤裸着用郁郁葱葱的黑色森林与他对峙。他抱起她,轻轻放在床上,手指抚摸着乳房上那只看不见的TATOO。一路向下,停留在那片繁茂的森林中,依旧有刺骨的冰冷。

他用绳子固定好她裸露的身体,尽量牢固但又不至于伤害到皮肤。下身撕裂般疼痛。她开始杀猪似的吼叫。洁白的床单上印着暗红色的血迹。他停止工作,狠狠吻住那张因疼痛而不停颤抖的嘴唇,有血的腥味,激烈的吻有镇痛的功效。

【终】
她带着一瓶CHIVS来找他。房间里死灰般沉寂,墙上的壁纸透着幽蓝的光,琐碎的物品堆放得到处都是。

她举着酒杯,单薄的衣裳一件件滑落,乳房上显现出一只巨大的张着翅膀的蝴蝶,在昏暗的灯光下闪闪发亮。这是你的杰作。她蛇一样缠绕他的身体,朦朦胧胧妖娆地笑成一朵灿烂的花。他惯常地沉默，捧起那只乳房，像他工作的时候一样。

他开始吻她，细密地，自上而下。忽然他停下来，死死盯着她的阴部，一动不动。一朵怒放的粉红色百合花。"这朵花和我死去的女友身上那朵同样妖娆。"这是他们认识以来他说过的唯一一句话。

酒杯跌落。溅起的玻璃碎片划伤了她的腿。她跪在地上，抓起酒杯破碎的尸体，狠狠地划向乳房上那只巨大的蝴蝶，鲜血喷出。她把泪流满面的脸庞笑得花枝招展，慢慢地。她看见一只鲜艳的蝴蝶从身体里飞出，在她的视线上方盘旋几圈之后，离去，了无痕迹。

他抱住她，眼泪狠狠地滑落，白色的衬衫上沾满了她的血。她鬼魅地笑，呢喃着说这个世界上不该只有她一个人忍受漫无边际的疼痛。

离去的时候她开始回忆。专注的勾勒细节。欲盖弥彰地掩藏真实场景。那个散发着淡蓝色灯光的小屋渐渐模糊。那天究竟是他诱惑了自己。还是自己勾引了他。

年轻的文身师撕开像一次性注射器一般大小的袋子，取出一根极细的钢针，装在针管形状的文身机器上，固定，钢制的冰冷机器在接上电源后产生无穷的动力，按动按钮发出咝咝的撕裂般的声音。她看着他消瘦的手指捧起自己柔软的乳房，不动声色，冰冷的手掌刺痛了她。

女人和公狗

【初】
瘦弱的女子奋力抱住身材庞大的公狗,拼命往怀里拥。女子瘦小且整洁,柔软的头发被随意盘成一个髻扎在脑后,蓝色牛仔裤束在短靴里,包裹在贴身黑色纯棉短外套里的身躯以佝偻的姿势突出着单薄的脊背,不时颤抖痉挛。安静地落泪,无声无息,掉在地上破碎,找不到残渣。一股暖流从眉心直冲到鼻尖,缩一缩,身体骷髅般脆弱。胸口左侧如同插入一把锋利无比的刀子,剧烈地疼痛。恍惚刹那间。那公狗无比乖巧轻舔她的脸。慰藉在一个女子和一只狗之间忽隐忽现。悲悯在伤口喧嚣处隐隐生疼,发出撕裂的声响。所有曾经的盛大和华丽,因它不幸落入那家狗场的陷阱中而变得偃旗息鼓。高贵的血统如今只是赤裸裸的无疾而终的片段,忽而掠过。

那公狗它其实还年轻。好花红那个红艳艳呀。跋山涉水从英国运来的时候还英姿飒爽,被卖进狗场,拉出大而强壮的鞭,配种,日以继夜。一年后狗场倒闭。女子拖拖拉拉把公狗领养回家。

【终】
她走在街上,在树边窄小的人行道上小心前行,刻意躲避紧跟的脚步和逆行的莽夫。公狗跟在她身后,晃晃荡荡,偶尔跌倒,无力的四肢颤颤巍巍。她回过头,看一下,再温柔地抓住项圈,轻柔抚摸。公狗走走停停,拖着冗长的影子。公狗发出闷声低吼,如泣如诉。有种悲哀不仅只是悲天悯人的个人私情,还有旁人无论如何都无法察觉到的悲壮落幕。

夜晚冷清而寂寞的动物医院。看着医生熟练地用棉签从耳朵里抠出混合了血水和脓水的肮脏黏稠液体,滴上耳药,这是个骇人过程。那庞大的身躯抽搐颤抖,却丝毫发不出任何声响。那些晶亮透明的唾液落在她的手上、衣服上,渐渐渗入血管中,和着血液流遍全身。强烈的光线直刺公狗那双深邃空洞而又有些倦怠的眼睛,扩张的瞳孔丝毫没有收缩。瞎了。医生摇着头说。开出一些无力的药方,但不保证医得好。她瘦弱单薄的身体晃动了一下,然后站稳。用绝望的眼神注视的那一瞬间,悲伤地发现,所谓坚强,倒塌一地。渐渐地,她同那只蜷缩的公狗一般。身体紧绷,耳朵失聪,眼睛也开始模糊。无数种声音嘈杂而繁忙地不停催促,软弱的神经极度扩张最终抵达极限,几近崩溃。

目睹一场突如其来的惊慌失措。她犹如孩子般茫然而害怕,想象对那条公狗来说,那曾经发生过的她毫不知情的一切,是何等尖锐的伤害和懦弱的背叛啊。泯灭的人性虚伪的混杂在四处散发着的肮脏腐朽的铜臭味里扑鼻而来，即使断送了生命也在所不惜。

瘦弱的女子奋力抱住身材庞大的公狗，拼命往怀里拥。女子瘦小且整洁，柔软的头发被随意盘成一个髻扎在脑后，蓝色牛仔裤束在短靴里，包裹在贴身黑色纯棉短外套里的身躯以佝偻的姿势突出着单薄的脊背，不时颤抖痉挛。安静地落泪，无声无息，掉在地上破碎，找不到残渣。一股暖流从眉心直冲到鼻尖，缩一缩，身体骷髅般脆弱。胸口左侧如同插入一把锋利无比的刀子，剧烈地疼痛。恍惚刹那间。那公狗无比乖巧轻舔她的脸。慰藉在一个女子和一只狗之间忽隐忽现。悲悯在伤口喧嚣处隐隐生疼，发出撕裂的声响。所有曾经的盛大和华丽，因它不幸落入那家狗场的陷阱中而变得偃旗息鼓。高贵的血统如今只是赤裸裸的无疾而终的片段，忽而掠过。

现世的债

【初】

夏季的天空,总是时常交加着雷雨。她把心脏慢慢托起,举到半空中。像桎梏在冷窗后艳羡一米阳光的囚徒,带着强烈生还的欲望和回天无力的悲怆,心内悲悯到无以复加外表却平静如初。偶尔叹息还在,不多时,地上的空果汁盒被精心地排列整齐,沿着地板的踢脚线依次延伸过去。直到门口,盒子向上开口的地方都插着塑料吸管。残留着果汁渣迹的余痕。她抽烟的时候,顺手抓过来一只,将烟灰小心翼翼地从敞开的小口弹进去。滋的一声,一缕细微的烟缓缓升起,然后消散。偶尔还塞进一些糖果纸、线头等废弃的小碎物,那些总是突如其来的空洞带着茫然的渴望。放纵喧嚣而孤立的独自缠绵。在她外面的世界,芸芸众生流畅而坦然地继续那些可有可无的日子,并夸夸其谈所谓生活勿论幸福或是忧愁。而她,却始终没有找到一个走入他们中间的合理方式。

她拿起床头放着的那张微微有些发黄的照片。两个孩子纯洁的笑容好像绚丽的向日葵,绽放,男孩牵着女孩的手,爆裂的天真不可一世。她从小就深爱的男人,这许多年里,在她身边,停停走走,一如这个世界里惯常的迂回往返,无限蔓延。他把走南闯北买回来的礼物统统送到她面前,淡定地笑,像少年时那个仓皇说着拒绝的夜晚。让我们做比好朋友更好的朋友。喋喋不休的重复,提醒他,也警醒自己。转身离开之后,伸出一只手,却只抓住无尽的黑夜。

她的心,满了再空掉。让我感谢你,赠我空欢喜。她抚摸着光滑的玻璃边框,流下一些眼泪。零零乱乱爱了如此许多年,终究抵不过卑微敏感的心。那随风飘荡的笑魇太遥远,沉溺在浮躁的岁月里,不经意就消失得踪影全无。那笑浅薄啊,无论如何都无法把紧锁的眉和那里面蕴涵着的无限迷乱熨平。在她天花乱坠的记忆里,唯一被深深储存的只是他俊美的轮廓和不羁的心。那些他只对她一个人绽放的海誓山盟夹带着巨大的荒芜被厚葬。

那张可怜的从不粉饰的面孔,带着渴望式的绝望,拖着两个人的感情走了一年又一年。那好似毒药似的敏感,一路牵着她的灵魂,固执而微不足道地躲闪着唯一的爱恋。

【终】
他拿着那只从西班牙带回来的辟邪饰品给她,同时还有一张大红色的结婚宴请卡片。那红色刺眼啊。她使劲闪动睫毛,沉默些许时间,然后微笑。那歌里唱的,成熟不是心变老,而是泪在打转还能微笑。然而歌里的繁华永远都只如烟花般一瞬间就消逝,即使有菩萨庇护又怎能敌过干涸心死后的灰飞湮灭。

爱情,终究是一笔现世的债,无法逃脱又偿还不清。在那些纠缠不清的纷繁热闹里,小心翼翼地翻晒记忆,悲伤而动情地唱着那些不为人知的歌。爱情是白色的。姑娘是端庄的。青春是凛冽的。城市是脏的。他们是定会离开的。于是离开了,赤身裸体,掩饰不住的失魂落魄。

夏季的天空,总是时常交加着雷雨。她把心脏慢慢托起,举到半空中。像桎梏在冷窗后艳羡一米阳光的囚徒,带着强烈生还的欲望和回天无力的悲怆,心内悲悯到无以复加外表却平静如初。偶尔叹息还在,不多时,地上的空果汁盒被精心地排列整齐,沿着地板的踢脚线依次延伸过去。直到门口,盒子向上开口的地方都插着塑料吸管。残留着果汁渣迹的余痕。她抽烟的时候,顺手抓过来一只,将烟灰小心翼翼地从敞开的小口弹进去。滋的一声,一缕细微的烟缓缓升起,然后消散。偶尔还塞进一些糖果纸、线头等废弃的小碎物,那些总是突如其来的空洞带着茫然的渴望。放纵喧嚣而孤立的独自缠绵。在她外面的世界,芸芸众生流畅而坦然地继续那些可有可无的日子,并夸夸其谈所谓生活勿论幸福或是忧愁。而她,却始终没有找到一个走入他们中间的合理方式。

今日娼妓明日修女

【初】

她习惯了活在生活中大大小小的角落里,眯起眼睛看外面繁忙的世界,安全而又微不足道。那个挺胸收腹在男人肆无忌惮的游离眼神中飘荡的女子,或许要赶赴一场暧昧的聚会;那个道貌岸然裤裆被支成一个小帐篷的男人,或许就是女子要奔赴的对象;那个甩着潮乎乎的手帕子满头大汗的大妈,或许刚从超级市场成功抢购了一批限量销售的特价商品;那个沮丧的哭哭啼啼的小孩,或许因为成绩太差被严厉的父亲痛打;那个打着唇钉踩着滚轴鞋飞速滑过的少年,或许哀叹着口袋里的钱总是不够花。周一娼妓。周二修女。周三和尚。周四花和尚。周五嫖客。周六大丽花。周日,请告解。她辛苦做了6天的工。都只不过是为等来那周日的——告解。

星期一。每一个角落都充满黏人的热。她快步前行,目光始终盯着地上的某个点,拖拖拉拉延续成一条隐性的线。裸露光洁的身体微微蜷缩。踢踏的高跟鞋踩着"咔咔"的节奏奔赴这座城市最潮湿腐朽的地方。擦肩而过的男人越过她超低的领口直抵丰满的没有任何包裹的乳房。粉色的乳晕带着迷人的快感四散荡漾开去。一把拉住奇袭放肆地吻,蒸发非洲草原的赤裸的原始情欲。

星期二。教堂的钟声准时在早上8点敲响。她双手合十，默默闭上眼睛。这是个干净而安详的地方，带着前所未有的勇气剥落虚伪的面具。这个世界太多疯狂。大部分人都在一个假想的生物链里循环往复并一遍遍演练真实的人生，包括她在内。灵魂像被狗吃了，留下惨烈的白骨发出咯吱咯吱怨恨不明的声音。那声音渐渐隐去，骨头锈迹斑斑地坍塌在垃圾堆里，暗黄而无力。她弄丢了自己，那遗失已久的纯良却找回了她。

星期三。她点燃一注香，站在佛像前拜一拜，然后离开。佛像微笑说她曾经是自己的门徒，因打水时故意把石头绑在河里蛤蟆的腹部而被惩戒，投身做了女子。时间穿梭，古老的寺庙连同女子身上的青布冷衫一并消失得荡然无存。抹粉涂脂地戏弄摩天城市，却最终夭折于逐渐幻灭的灵魂里。

星期四。为什么台北的东坡肉是酒红色的，北京的却是褐色？

星期五。她的心像明镜一样。这只是一个黑得毫无深度的夜而已。她渴望游走，哪怕是一个小得不能再小的微弱欲望，都能将她的愤怒灼烧得生疼。她清楚自己想要的，不过是一场短暂的胜利，除此之外她什么也得不到。这在男人愤愤甩开她的瞬间就已经不卑不亢地注定。她在夜里两点三十七分在胡同的尽头为自己找了个临时的男人，支付一些钞票，听自己的名字响亮地从另外一张嘴里被辗转地呼唤，带着没首没尾的兴奋，带着天真又忧伤的眼神，期许月亮爬到最高点又渐渐滑落的一瞬间，兴奋地露出胜利者卑微且一文不值的骄傲。

星期六。她活在显而易见的自由地带里，一个人自娱自乐。脆弱的道具。单一的背景。潦草而杂乱无章的情节。她像个不辞辛劳的舞者，时而激烈地扭动，时而沉溺地思索，时而决绝地转身，时而踯躅地流连。一个男子告诉她，微笑的时候想念的那个人一定很爱你，心痛的时候想念的那个人一定很爱自己。她微微一笑，没想起任何人，于是惴惴地担忧这个世界上并没有人是真正爱她的。割开一道伤口，许多个恍惚的面孔从眼前滑过却没有一个叫得出名字。悲哀地发现，每个人都比她更爱自己。

【终】
星期天。她回到家，安静地梳理纠缠打结的长发，回想一周来不动声色变换着的角色，兴奋成一只闪光的精灵。没有一个角色不是她的，没有一个角色只是她的。她说爱你，恨你。你不明白，她也不明白。她说自己一直都是一个修女,直到遇见你。曾经娼妓难为谁。

她习惯了活在生活中大大小小的角落里,眯起眼睛看外面繁忙的世界,安全而又微不足道。那个挺胸收腹在男人肆无忌惮的游离眼神中飘荡的女子,或许要赶赴一场暧昧的聚会;那个道貌岸然裤裆被支成一个小帐篷的男人,或许就是女子要奔赴的对象;那个甩着潮乎乎的手帕子满头大汗的大妈,或许刚从超级市场成功抢购了一批限量销售的特价商品;那个沮丧的哭哭啼啼的小孩,或许因为成绩太差被严厉的父亲痛打;那个打着唇钉踩着滚轴鞋飞速滑过的少年,或许哀叹着口袋里的钱总是不够花。周一娼妓。周二修女。周三和尚。周四花和尚。周五嫖客。周六大丽花。周日,请告解。她辛苦做了6天的工。都只不过是为等来那周日的——告解。

康定离歌

【初】

长途车的窗外是一大片泛着蓝色的纯洁却充满了橙色谎言的天空,好像繁花似锦的烟花轻而易举地掩盖了空气里所有的凉薄。清晨,她背着大大的深色旅行包从成都出发。坐半天的巴士到康定,九月的康定灿烂得让人忌妒,一切都与明媚有着千丝万缕的纠葛。云朵复杂地交织缠绕,被阳光笼罩上大段的金色,妖娆地蔓延,大块蓝白相间的隔断似的天空。她将脸颊贴在车窗上。一阵清凉穿透耳骨直送进脑子里,闭上眼睛,那些无法愈合的伤口至今令她颤抖着疼。将头深深埋进双臂,大口呼吸,糜烂的心撕裂般地空洞,无关矫揉。

她总是在这个时候来到康定。睡在当地加央阿妈家光鲜明亮的手工织毯上。柔软的毯子开出一朵朵盛大的花,带着美丽的疼痛。残酷而温暖。年复一年,永不凋谢。阿妈是纯朴的藏民,每年这个时候都等她来,织上几块鲜活精巧的毯子让她带走。残破的记忆里这是唯一能够温暖她的事。

第一次认识加央阿妈是和他筹划最后一次旅行途经康定的时候,他们一个城市接一个城市地奔走,从西藏一直到四川。没有人愿意停下来。她不止一次地诅咒这场不择手段的游戏,徒劳又无能为力。九月的天荡漾着透明高贵的蓝色，云朵孩子般漫无目的地游荡，暖风亲吻着肌肤，连舒展的姿势都绚烂得无与伦比。心里晃动一下。这一切终将会结束。

这个让她措手不及的男子在她赔上了十年的青春后向她宣告一场天花乱坠的婚礼，与她无关，如往常般虚情假意地微笑。与她同样居住在那座干燥城市某个角落里那个春风得意的女子，是否知道自己的未婚夫在这十年中一直固执地伸着手要把另外一个她完全不知晓存在的女子拉进幸福里。惊天动地地宣称要让全世界知道他们的爱情，而一次又一次地惨败收场。回头，依旧不肯离去。

很多时候，她都以为自己疯了，忍不住要一些固执的地老天荒。可天色总是轰然暗淡，天空被浓重而夸张的油彩渲染得支离破碎。瞬间模糊了她的眼。与她面对面站着的男人身后出现夺目而刺眼的光芒。旋转，顿挫，不可一世，把她从不切实际的歇斯底里拉回到现实。

她提及了这次旅行，以恋人的姿态。他目光如刀死死地盯住眼前那张苍白凄美而面无表情的脸。那张漫无目的的脸是他十年来不择手段都要弄清的真相。片刻，狠狠地点头。

【终】

他死在他们离开康定后的下一个目的地——稻城亚丁的雪山上。他的不情愿抵抗不了她执意要转山的固执。海拔 5900 米的垭口,除了寒冷一切都不复存在。被风吹起的积雪缠绕着他们。她看着他,以一贯的苍白,以前所未有的深情,带着心里反复撕扯的忧伤。让自己葬身在纠缠的白色里,在他面前,一如她的脸孔,平静而歹毒地拥抱即将来临的死亡。

天崩地裂的声响,突如其来的雪崩让她无须纵身跳下也可以决绝地死无葬身之地。紧闭双眼平静地等待一切终结。嘴角淡定而柔美的微笑,十年来的第一次。大块积雪疯狂肆意地砸在脸上身上,仿佛巨大的火车轰隆声呼啸而过,不尖叫。

再度睁开眼睛,一切都恢复原来的宁静。强烈的光线肆无忌惮入侵她苍白的皮肤,眼前一道万劫不复的深渊,那是他原先站着的地方。她有些目眩,踉跄后退跌坐在雪地里。这是场该天杀的把戏,死的人应该是她。

五天以后,独自回到康定加央阿妈的家。天空依旧展现着它华丽而咄咄逼人的好颜色。那些纠缠着的白云散乱着被遗弃的斑驳褶皱，以罪恶的姿态弥散开来形成大片的空中墓床。天使们相继死去，灵魂被干枯的芦苇包裹着填满凉薄的空气。圣经里没有祭奠天使的哀歌。上帝愚蠢的疏忽造就了永不安宁的亡魂。一颗金色的尘埃在她眼前不停晃动，最后以极其拖泥带水的速度萎缩并消失不见。她想那是他的灵魂，死了都还要伸着手牵她的麻木不仁。可天堂已经沦陷，一片尸横遍野。最终，一切都不在。

她在康定一住就是半年，帮着加央阿妈做些家务。偶尔织出些难看的毛毯，大片大片殷红色的呲牙咧嘴的狰狞小鬼，血红的雪山。阿妈拿出去卖，没有一家织工会织出这样的红色，毛毯很容易被兜售掉。她把微薄的钱都塞给阿妈算做答谢，从不说话，也不哭泣。

皮肤逐渐变红，透着健康的颜色。听络绎不绝的游客喋喋不休地抱怨，总是有太多人对这座跑马溜溜的小城失望。妖言惑众，翻腾都市的浮华，散落葵花般的笑容，如此简单反复。

漆黑的深夜，她把浓烈的烟吸进身体，橘红色的烟头影影绰绰。大口大口咽下冰冷的青稞酒，微微有些醉意。流下卑微的眼泪，点点滴滴淋湿天上白云几朵，点点滴滴灼伤水中寒星几颗。

马蹄声渐渐远去,踏碎梦中的鲜活。雪山皑皑地耸立,唱出离别的悲歌。

擎起装满泪水的青稞美酒。胸口撒落灵魂。跳起心碎的果谐。月亮爬上山坡。

月亮,弯啊,弯啊。康定溜溜的情歌。

长途车的窗外是一大片泛着蓝色的纯洁却充满了橙色谎言的天空,好像繁花似锦的烟花轻而易举地掩盖了空气里所有的凉薄。清晨,她背着大大的深色旅行包从成都出发。坐半天的巴士到康定,九月的康定灿烂得让人忌妒,一切都与明媚有着千丝万缕的纠葛。云朵复杂地交织缠绕,被阳光笼罩上大段的金色,妖娆地蔓延,大块蓝白相间的隔断似的天空。她将脸颊贴在车窗上。一阵清凉穿透耳骨直送进脑子里,闭上眼睛,那些无法愈合的伤口至今令她颤抖着疼。将头深深埋进双臂,大口呼吸,糜烂的心撕裂般地空洞,无关矫揉。

关于他

六回

【初】

狠狠裹了裹身上的睡袋,再紧一紧,把自己从头到脚都包上。背靠一棵巨大的古树,揶揄着坐下,大口大口地喘气。深夜夹着潮湿的寒气入侵身体的每个细胞。把一切能穿的衣服都穿在身上,还是觉得冷。举着湿答答的树枝,试图点燃火堆,吱的一声。火柴熄灭,蒸腾起一缕淡薄的凉烟。眼睛像被施了咒怨的法术,渐渐开始分裂,碎成一片片玻璃般闪光的花瓣,夹杂着冰冷的寒气离开身体,背信弃义的争宠般投靠冰冻的寒。低靡的风咆哮着擦过耳朵,卷起一些鬼哭狼嚎的声音,跌跌撞撞地扑面而来。

他在森林的这块湿地里已经绕了六圈,是自发组织的探险队里唯一还活着的人。所剩无几的体力逐渐无法支撑极度的匮乏,不明就理的身体依旧机械且徒劳地朝向前方某个茫昧的地方摸索。极度凹陷的眼眶凸显着爆裂的眼球,急切而不知所措。竭尽全力抖落一些勇气,追逐幻境中的一缕火光,仿佛出口就在不远处的某个地方。

每次竭尽全力地找寻,却终究回到起点。他开始害怕起来。死亡的恐惧逼真而迫切地撑破他的眼睑。一些白色的幽魂淡然飘过,在他眼前舞动火红的长发发出狰狞的尖叫。他头晕目眩,张狂着绝望一路奔跑。一脚踏进了一层薄冰的小溪。冰层破碎，寒冷的水灌进鞋里，穿透薄弱的脚心，直扎心脏。不敢停留，跨过一根根巨大的倒塌腐朽的树干，依旧没有一丝光亮。

他忽然感到自己气数已尽。站定，用尽全部力气保持呼吸。拼命抓起沉重的衣角抖落凝结在身上的晶莹剔透的冰霜，叮咚叮咚落在地上，砸伤安眠的老鼠，倏忽间四处逃窜。

无法控制身体的平衡，失足跌进臭气熏天的阴沟壑里。闭上眼，再也睁不开。

【终】

清脆的鸟鸣带着柔软的阳光刺穿层层叠叠的树叶，清晰地照在他身上。头发里包裹着的霜冻借着皮肤的温度逐渐融化，混合着清晨的露珠和疲惫的汗水在全身流淌，倏地滑进身体隐匿的洞穴。口干舌燥，吮吸树叶上的露水，干涩而清冷。

依稀记得昏睡过去之后的梦。急促的脚步声踏着腐朽的枝杈吱嘎作响，缠绕如麻的节奏。苍茫的原始森林尽头一片宽阔的园地。

魁伟的白桦带着凛冽的骄傲直指碧蓝的天。一些熟悉而友好的笑脸迎着他的目光越来越近。他发呆地站在原地凶狠地咽着唾沫。嘴唇撕裂，流淌黏稠的血腥。他的白色纯棉床单，温柔地擦过潮湿的有些发霉的皮肤，抚慰恐慌而绝望的心，纯粹而熠熠生辉。

他回过神来，依旧是那片密不透风的原始森林。他躺在厚厚的落叶腐烂积淀成的腥臭泥土上仰望天空。睡袋里一片汪洋，再没有一个地方是干燥的了。看着那些在清醒阳光里依旧发亮的苍茫的星，决绝地发现背叛了他的感觉和方向此刻又附在身体上。背叛者永远背着背叛的罪名被无情地抛弃，它们也被黑夜抛弃了。他决定休息一下再走一次。

回忆着昏睡前的一切。深深刻在脑子里，拒绝回头。

狠狠裹了裹身上的睡袋，再紧一紧，把自己从头到脚都包上。背靠一棵巨大的古树，挪揄着坐下，大口大口地喘气。深夜夹着潮湿的寒气入侵身体的每个细胞。把一切能穿的衣服都穿在身上，还是觉得冷。举着湿答答的树枝，试图点燃火堆，吱的一声。火柴熄灭，蒸腾起一缕淡薄的凉烟。眼睛像被施了咒怨的法术，渐渐开始分裂，碎成一片片玻璃般闪光的花瓣，夹杂着冰冷的寒气离开身体，背信弃义的争宠般投靠冰冻的寒。低靡的风咆哮着擦过耳朵，卷起一些鬼哭狼嚎的声音，跌跌撞撞地扑面而来。

忆

【初】

泛着苍白光泽的盥洗台上,立着一对孤零零的 IKEA 白色马克杯。阳光透过窗户温和地照进房间里。那是个糟糕透顶的小世界,满地都是被遗弃的凌乱。终于有一天,他也离开了这间房子。除了时常拥抱在一起的狗和猫,什么都没有带走。门口的地上歪七扭八横着一双半新的蛋黄色女式棉布拖鞋,被他毫不留心地肆意踩踏过。清晰而不洁的印着男士皮鞋鞋底灰黑色的足迹。鞋柜上放着半盒烟,烟盒被揉得皱皱巴巴。周围散落零星孤独的烟丝。那个精神涣散的深夜,他歪歪斜斜地进了家门却再也没有半点勇气走近那张空了的双人床,就势倒在客厅沙发上,一睡不起。

光阴逆流成河。月光折射,曲曲转转照进两年前这个宣泄快乐和麻醉暧昧的房间。静止在如今已经落满尘埃的日历牌上,时间指向 3 月 12 日。温热的爱恋在桃花惊艳的阳春里张扬并快乐着。在长久的迂回纠结中,任两颗缠绕的心里倾泻的血液流淌在不停追随奢华感情的路途里。光滑的地板上并排躺着两个人,手牵手。各类宠物杂志散落在房间各个角落。光洁的茶几上杂乱摆放着香薰的饰品。暗蓝色油彩的多孔烛台。圆柱形刻着大朵大朵玫瑰花的情调蜡烛。不远处,一只叫比利的棕褐色可卡将那只名叫小白的波斯猫搂进怀里。两相比较,身材如他她般。

冰箱上贴满他留下的小便条。趁着被温暖的季节麻醉了的快感发酵的时候动情挥霍无尽的暧昧甚至悲怜。深夜里走进家门，被撕得粉碎的便条零落地满地都是。望着挂在墙上的那只绣花布艺口袋里放着的各色油彩笔，有些笔套已经不见了去向。以孤子的姿态挺立并瑟瑟在阴郁的穿堂风里，时而随着布袋轻轻晃动。

走进卧室，抱住孤单而瘦弱的身躯，轻轻抚摸，油然而生的歉意深深追随。叹一口气，透支到疲惫。当感动变成必须，感情就已经被狠命甩到命运的死胡同里，以无可救药的决裂姿态挣扎，萎靡。

【终】
潦草的空房间里零星漏进些秋日明媚干净但不热烈的阳光，照在浅咖啡色的窗帘上，把覆盖在上面的一层浮尘照得闪闪发光。原本清洁的玻璃窗被昨夜的雨水冲刷，风干过后印上些坑坑洼洼的泥点。地上散落大堆的猫粮狗粮，被水浸泡。发涨扩张，泥巴似的混合在一起。

挂在墙上的那只绣花布艺口袋依旧以孤子的姿态挺立，上面落满灰尘。混乱地装着些卫生纸。过期发黄边缘卷曲的宠物杂志。干裂的睫毛膏和口红，凝固的各色指甲油，揉皱的带小碎花的留言条，以及那些已经不见笔套的油彩笔。如今笔油已经干结堵塞。再也流不出任何一个字，无论何种色彩，无论温暖或冰冷。

卧室的床底有一只IKEA深红色印花纸箱。他临走前把一些杂物乱七八糟地扔在里面，包括她穿旧了的性感肉色蕾丝睡衣。她曾经穿着它在他眼前晃动，撩拨起浓浓的性欲。破了洞的丝袜，松垮的发带，掉了漆的小夹子，以及曾经流连在茶几上的暗蓝色油彩多孔烛台和那只圆柱形刻着大朵大朵玫瑰花的情调蜡烛。只是曾经并排手牵手躺在一起的他或她，早已不知了去向。

离空荡荡的大双人床不远的地方有一根断成两截的电视机电源线，被厚重的尘屑包裹成灰色，寻不见手指触碰过的新鲜色泽。顺着电线望去，那台尘封已久的电视被摔得粉身碎骨。残留的尸体上落满时光的踪迹，木制地板一道严重的裂痕，翘起的边缘带着尖锐的木刺扎伤人的心。

他离开的时候心底涌动着无法名状的忧伤。为这个曾经繁花似锦如今油尽灯枯的房子，为一件件被丢弃的曾经成双成对如今孤孑无依的残物，为她，也为自己。

泛着苍白光泽的盥洗台上，立着一对孤零零的 IKEA 白色马克杯。阳光透过窗户温和地照进房间里。那是个糟糕透顶的小世界，满地都是被遗弃的凌乱。终于有一天，他也离开了这间房子。除了时常拥抱在一起的狗和猫，什么都没有带走。门口的地上歪七扭八横着一双半新的蛋黄色女式棉布拖鞋，被他毫不留心地肆意踩踏过。清晰而不洁的印着男士皮鞋鞋底灰黑色的足迹。鞋柜上放着半盒烟，烟盒被揉得皱皱巴巴。周围散落零星孤独的烟丝。那个精神涣散的深夜，他歪歪斜斜地进了家门却再也没有半点勇气走近那张空了的双人床，就势倒在客厅沙发上，一睡不起。

拥抱老夫子的孩子

【初】

孩子说他小时候看《老夫子》，书里面的孩子问爸爸什么是万家灯火。爸爸在夜晚把孩子带到高楼林立的居民区，仰望天上的星星和那些楼，忽然大喊一声："非礼啊！"孩子看见那些黑洞洞的窗户后面瞬间亮起无数灯光，与天上的星星遥相呼应。爸爸说："这就是万家灯火。"讲故事的孩子说："看《老夫子》《机器猫》。这是他的童年。"他讲这个故事的时候，把他喜欢的姑娘紧紧地搂在怀里。姑娘笑，孩子也笑。姑娘带着泪笑，孩子看不见。

孩子拉着他的姑娘穿梭在楼里。他打开一扇又一扇门，打开又关上。他想知道究竟哪扇门的后面通往他想到达的楼顶。孩子始终没有找到那扇门。孩子觉得很刺激，楼里没有人，只有孩子和他的姑娘。孩子说他还是孩子的时候就喜欢这样的穿梭，这让他不停地寻找寻找。孩子的姑娘痴痴地看着那张天使般的脸想。这样赤裸的天真真让她迷惑。属于她的孩子不再拥抱《老夫子》。他拥抱着她。但是他现在还是个孩子。他始终没有忘记这样的穿梭和寻找。

孩子对他的姑娘说，因为有了她，他不再失眠，他不吞服那些在这座城市里随处都能够买到的安眠药片。姑娘成了他唯一的有效

暖 生

的安眠药。孩子对他的姑娘着迷。他有很多很多话要对她说,他说他曾经孤独地走在下雨的城市里。城市很脏。他觉得毫无希望。他开始厌倦这个城市,因为孤独。他甚至在还没有触摸到它的时候就已经对它产生的极端的厌倦。姑娘想这是座多么可爱的城市,这是她的家,孩子没有发现它的可爱。孩子是孤独的孩子。孩子说自从有了姑娘他渐渐地发现这是个美丽的城市。姑娘牵着孩子的手,带他去那些没人的美丽的地方。姑娘把脑袋轻轻靠在孩子的肩上。孩子很瘦,骨头刺得姑娘生生的疼,是心疼。姑娘说孩子你太瘦了,要多吃一点。孩子说吃再多他还是一样的瘦。孩子的姑娘开始哭泣。她想她什么时候才能照顾这个孩子永不离弃。孩子擦掉姑娘的眼泪,说他们要快乐地过每一天。

孩子说他和他的姑娘应该有不被人打扰的美妙的周末。她说她会做很多美食。孩子一遍遍地想。孩子开始出差。孩子的姑娘开始等待。她想她是多么爱他。她央求孩子,不喜欢这座城市的孩子,想要离开的孩子,请你不要离开我,我是多么地爱你。孩子说,只要他们对面的那座高楼不倒塌,他就不会离开他的姑娘。姑娘说它不会塌的。孩子说它这辈子都塌不了。孩子的潜台词是不是他这辈子都会在姑娘身边。他没有告诉姑娘,但他的姑娘信以为真。

孩子说他想带姑娘去很多地方。她说有他在她哪里都愿意去。孩子说这样的话听上去好像私奔。姑娘说私奔就私奔。他们的私奔将盛大而华丽。孩子和他的姑娘,一个是伤心的稻草人,一只是胆小的鸽子。孩子的姑娘说,人一辈子不能做太多的好事。一件就够,我妈说一件就够。虽然我妈是个糊涂的女人,但是我相信她的话。所以,我要和你私奔。我要将这场华丽的私奔顽强地坚持下去。姑娘抚摸孩子的脸,那张棱角分明的脸刻在她的心里。孩子抚摸姑娘的背,他说那光滑胜过一切。

孩子的姑娘把一只眼睛大大的娃娃小心翼翼地捧到孩子面前。在他诧异的眼神里,把娃娃送给了他。姑娘说这个娃娃像自己,如果他不喜欢了就还给她。她看着那只让她魂牵梦萦的娃娃和孩子,她不明白为什么她爱孩子爱成了一种弱智。他的黑眼睛永远向她传达着一种疯狂的信息。热恋的人难以自持。他们的表情天真。目光涣散。他们其实都是孩子,两个彼此拥抱、彼此相爱的孩子。

【终】
孩子牵着姑娘的手,四处徘徊。这样如影随形的日子一天天大同小异地叠放。最后,孩子离开了姑娘所在的城市。他始终没有爱上这个城市,对姑娘的爱也始终没有超过对这座城市的厌倦。他只是个拥抱《老夫子》的孩子,他还没有长大。他想看万家灯火。姑娘说不对。他曾经只想看着她,可那只是曾经。

孩子说他小时候看《老夫子》,书里面的孩子问爸爸什么是万家灯火。爸爸在夜晚把孩子带到高楼林立的居民区,仰望天上的星星和那些楼,忽然大喊一声:"非礼啊!"孩子看见那些黑洞洞的窗户后面瞬间亮起无数灯光,与天上的星星遥相呼应。爸爸说:"这就是万家灯火。"讲故事的孩子说:"看《老夫子》《机器猫》。这是他的童年。"他讲这个故事的时候,把他喜欢的姑娘紧紧地搂在怀里。姑娘笑,孩子也笑。姑娘带着泪笑,孩子看不见。

爱是寂寞说的谎

【初】

空荡荡的屋子里若有若无地留着一丝独特的香气。心里渐渐涌起的温柔还来不及绽放就被凌空的一掌劈在墙壁上,夭折并渐渐冷却。在慵扰的热闹里,小心地翻腾记忆。于是记起那年夏天他抚摸阳光唱着的歌。爱情是艳红的,姑娘是端庄的,城市是肮脏的,他是寂寞的。最后闭上眼睛以绝望的姿态离开。赤身裸体承受记忆的裂痕里时不时溢漏的血。铿锵地躲闪。心,却隐隐作痛。他走后,城市如他般日渐暗淡。可这熟悉亲昵拥挤杂乱无章的城市啊,它脏吗?迷离恍惚间注视,那不知名的女子急匆匆奔赴的巷子口。

他以惯常的姿态走过去,轻轻举起酒杯示意,淡然而不动声色地喝一口。然后微笑注视,不亲近。那女人啊,有夜的殷红的唇。朦胧的目光里散发着小兽似的警觉。凑近他,轻柔地抚摸脸颊,在耳边吹风似的说话。蕴涵极至的虚情假意荡漾开去一些柔情似水的纯粹欲望。舌尖抵着耳际,一些潮热的雾气奔向他,闭上眼睛,掏空思维,身体里的大段空白开始被不可复制的情欲狠狠填充。

女人是心甘情愿躺在他床上的,纠缠住他赤裸的身体,奋力发出略带嘶哑的叫喊，夹带着模糊不清让他说爱她的要求。我爱你。他答得干脆利落不假思索，只是太过清晰僵硬，缺乏浑然天成的美感。他是想努力做出点爱来的。那女人叫得更欢。他皱一皱眉头，奋力一送，便将大片黏稠的液体留在那剧烈颤抖的身体深处。

女人带着深深的倦意和慵懒缩进被里，越来越浓，像黑得不会再天亮的夜。你走吧。依旧保持的微笑注视和距离。女人先是楞一下，那是惊醒的瞬间所独有的慌乱，片刻便没了踪影，连同先前的疲惫一起倏地钻入墙角消失不见，沉重地关上门。呼出一口气，有如释重负的轻松。他一直信奉米兰·昆德拉在《生命不能承受之轻》中缔造的快感。同女人做爱和同女人睡觉是两种互不相干的感情。前者是情欲，感官享受；后者是爱情，相濡以沫。

夜很深了。四处喧嚣着一些属于夜独有的热闹。卧室里昏黄暗淡的光线照在凌乱的床上。被揉皱的床单猥亵地蜷缩。地板上扔着微微有些腥味的腐朽卫生纸。他举起手中装着红酒的高脚玻璃杯，杯壁上映射出他淡漠而疲惫的脸，轻轻晃动几下，一饮而尽。

【终】

可眼前这个眼神空洞的女子啊,不知究竟是在注视他还是他眼中的自己。他伸出手,指尖触碰。被同样的冰冷粘连,密不可分,那只与以往都不同的特殊的手,握住就再没有放开的勇气。

两个潮湿的身体,纠缠着白色与褐色,夹带着隐形的穿透力和深沉的信仰。彼此触碰,如同一场势均力敌的战争。各自支撑起骄傲且高贵的姿态寂寞守望。期许等待着一个人投降或递过来那惊鸿一瞥。他的疼痛越来越浓,渐渐发出剧烈的摩擦声和着呻吟深深下坠。身下那双眼睛依旧空洞地直视。那冷静让他感到阵阵心寒,闭上眼睛,涂鸦的残伤挥之不去。

女子在他滑落的瞬间起身跳到床下。在他的高潮还没完全褪去的短暂时间里,迅速把自己收拾成赤身裸体前的模样,以居高临下的姿态沉默地看着那瘫软的生殖器。留下来。他冷淡的语言里掠过一丝脆弱的恳求。他的直白抵不过她的固执。那个他本想留住的女子啊,或许跟他一样只是因为寂寞。留下一个残缺的毫不犹豫的身影快速地离开。

空荡荡的屋子里若有若无地留着一丝独特的香气。心里渐渐涌起的温柔还来不及绽放就被凌空的一掌劈在墙壁上,夭折并渐渐冷却。在慵扰的热闹里,小心地翻腾记忆。于是记起那年夏天他抚摸阳光唱着的歌。爱情是艳红的,姑娘是端庄的,城市是肮脏的,他是寂寞的。最后闭上眼睛以绝望的姿态离开。赤身裸体承受记忆的裂痕里时不时溢漏的血。铿锵地躲闪。心,却隐隐作痛。他走后,城市如他般日渐暗淡。可这熟悉亲昵拥挤杂乱无章的城市啊,它脏吗?迷离恍惚间注视,那不知名的女子急匆匆奔赴的巷子口。

12岁孩子的生殖器

【初】

那片素净的砖墙上有一抹斑驳的蓝。仅此一抹,把墙撕开一道口子,抛开这片斑驳。废弃厂房的其他三面墙都画满了涂鸦式残伤的图案。炫目的油彩被浓重而华丽地砸在红砖墙面上,凹凸起伏带着刺穿的棱角。厂房正中央摆放着一张艳红而巨大的圆形的床,那红色模棱两可蔓延开去,带着干燥而无处不在的温度。雪白的被单里裹着一个赤身裸体的男人。太阳光照射在微微泛黄的肌肤上,干净而细微的汗毛反射金色的光。他微微睁开眼睛,再闭上。迷离恍惚间挂上些简短的情绪,可还没来得及倾泻就被日光晒融了。

他站起身,晃动几下,脑子变得渐渐清晰起来。低下头,那只小小的萎缩的生殖器耷拉着,带着一些浑然天成的悲剧效果。全身皮肤光洁如婴孩般稚嫩。他浸泡在大大的浴缸里,头向后仰搭放在浴缸边缘。微张开嘴,像鱼一样地慢慢呼吸。身体如蜜糖般融化。

在他眼里,这是座拥有绝对蜂忙气氛的城市。车辆人群,白日黑夜,激烈地涌动,错综复杂地交织,夹带着隐匿的欲望和鲜为人知的故事迤逦前行。然后渐渐深入到这座城市的腹心之中,如同一只只蛀虫永不停歇地攥紧溢满水分的蜜桃中一般。那些鳞次栉比的高楼同他住的这间破旧而宽大的厂房一样,都是人类发疯时的产物,和人们的脑子里血管里悬浮移动的卑微一起,组成这个城市千篇一律的欲望主题。

可这欲望构筑起的钢筋铁骨啊,在他的眼里无论如何都无法得到完美的诠释。他长期留在厂房里,一遍遍地在画布上涂抹那些他眼中的纯粹——阳痿的达利和独耳的梵高,割去小脑的影星法默和同性恋者艾伦·金斯堡,以及那个在地铁里乞讨的疯子亨利·米勒和那些歇斯底里的性爱。他想他们并没有疯,只是因为太聪明不被蠢钝的世人所理解罢了,而这个喧嚣的世界还能有什么是比这些更加可靠的呢?

这个纯净如孩子般的男人,把这些看不见的纯粹像玉浆琼露般地吮吸。惶惶着害怕变成他想象中的蛀虫。偶尔欢乐,拉起身边姑娘的手,翩翩起舞。巨大的厂房登时变成华丽的舞池。他闭上眼睛,陶醉在自己的浪漫里。这种浪漫,充满太多即兴和未知的因素。虽然过程是愉快的,结尾却总如同急性阑尾炎似的仓促收场。

【终】

身体下面那个白皙的肉体贪婪地吮吸着他额头上滴下的大滴汗珠。沉默不语。眼睛紧紧地闭上。冰冷的汗包裹住全身。他想他是幸运的,和那个完美的达利一样完美,一样拥有深沉的灵魂破碎的肉体和洁净的心,摒弃男性世界里与生命同等重要的欲望肉身,带着灵魂,直接升华到另一个常人所无法进入的禁地。

他哭的时候,女子也跟着哭。他想他们哭的不是一回事。可她是善良的,像小海豚一样善良。心缩一缩,无关尖叫或隐匿,拥抱在一起。整夜亲吻,用仅有的爱抚和呢喃替代无与伦比的性高潮,那吻让他觉得有一丝甜蜜,像冰淇淋般在舌尖悄悄融化。可那个一直萎缩着的生殖器,如同12岁孩子的一般,蠢蠢欲动却了无生趣地耷拉着。

那片素净的砖墙上有一抹斑驳的蓝。仅此一抹,把墙撕开一道口子,抛开这片斑驳。废弃厂房的其他三面墙都画满了涂鸦式残伤的图案。炫目的油彩被浓重而华丽地砸在红砖墙面上,凹凸起伏带着刺穿的棱角。厂房正中央摆放着一张艳红而巨大的圆形的床,那红色模棱两可蔓延开去,带着干燥而无处不在的温度。雪白的被单里裹着一个赤身裸体的男人。太阳光照射在微微泛黄的肌肤上,干净而细微的汗毛反射金色的光。他微微睁开眼睛,再闭上。迷离恍惚间挂上些简短的情绪,可还没来得及倾泻就被日光晒融了。

莫非

【初】

唱机里一直流淌着二手玫瑰的歌。淌啊淌地形成了那条溺死的河。我心爱的女人在山上为人画着。画着一个快要死去的老鬼。那老鬼年轻得像我可怕的从前。手里握着我为那女人拾的玫瑰。我那女人画着画着快要枯萎。那老鬼为他留下了满山的遗产呐。听说他在死前一直闻着花的蕊。可是我那可怜的女人没有张开嘴。我努力地攻击着花的蕊。玫瑰呢呢喃喃地说位置不对。我努力地攻击着花的蕊。可我怎么用嘴去唱出这二手玫瑰。好花红那个红又艳啊,谁不愿那个骗她入胸怀,一层层剥下去让嫩的露出来,却说那情不变花也不会败。唉啊。你说我那女人为啥非要枯萎?那个老鬼为啥要留下了遗憾呐?为啥他在死前一直闻着花的蕊?为啥我那可怜的女人没有张开嘴?

关掉唱机,穿梭外表繁华内心腐败的城市,来到离那座城市不远处一片浓密的村子,正是黄昏时分,是村子最热闹的时刻。渔民背着湿答答的网兜大踏步走,还有些未死去的鱼儿蹿跳挣扎,想摆脱已被下了定论的宿命。铁匠收工,一路上叮叮当当撞击出欢快而杂乱无章的乐曲。街边铺摊子的小贩哗啦一下,用个塑料布卷起所有物品,塞进那只巨大的编织袋。稍微有钱些的小商人把卷闸门严密地锁上,也锁住了一天的收益。只有那白日里一直死死地关着门挂着严实布帘的小理发店,此刻开始活跃起来,紧锣密鼓地清扫不大的小屋和屋外杂碎的垃圾,插上电源,门口的旋转霓虹灯恍惚闪烁。

他们相视一笑,不觉间已走出了村子。昏暗笼罩着一片山林,杳无声息。与繁忙而热闹的村子仿佛隔开两个世界。草丛深处有蟋蟀鸣叫的声音,慢慢连成一片却依旧微不足道。一条宽大而急促的河把山头从中间劈成两段。潮湿腐败的朽木桥架在河床上,有仓促而岌岌可危的不安全感。她挣脱握住自己的那只大手,跳上去。桥发出吱吱嘎嘎的声响,敲醒了山林的死寂。她的身子有些晃动,歪歪斜斜像临近死亡的精灵。他本能地伸出手,却抓不住那倾斜的身体。女人栽葱一样掉进河里的时候,他睁着眩昏的双眼,愣了下,艰难而干涩地咽了一口唾液,喉结硬生生地上下晃动,刺得皮肤生疼。然后一头扎进水里,久久没有出来。

他呆坐在河边的草堆里,偶尔拢一下被水下岩石撕扯破损的衣服。不远处朽木桥断裂的缝隙里,青色的蛇蜿蜒扭动着妖娆的尾玩弄着一只苍凉的小老鼠,缠绕纠葛但并不急于吞下。灰色的鼠尾紧密地颤抖,伸直又卷曲,最后僵直不动了。他挪动了一下已经有些麻木的身体,视线又回到那只可怜的老鼠身上,僵硬的尾在他眼里渐渐变了形,那是灰色的毫无生机的手指,奋力张开索取最后生存的飘渺希望。一瞬间,向后仰去。撕心裂肺的哭声划破夜空。他渐渐蜷缩起身体,将头深深埋进上身与双腿间形成的凹槽里,像个蜷缩在子宫里未出世的婴孩,苍白脖子上的青色血管突兀地扩张。

【终】

河边的渔民从容地扔下网,一屁股坐在被河水浸得有些潮湿的草地上,解下别在腰间的旱烟杆,磕一磕,装上一些新的烟丝,点燃,有温柔的烟升起,肆意蔓延。渔民闭上厚重的眼皮,脸上滑腻腻的满足感像充斥在黑夜中富足的寂寥,又一如久久站在一边的他奢侈的留恋。他不忍打扰,却情不自禁地凑上前去搭话。那渔民睁开眼睛,笑一笑。阳光下,黝黑的皱纹打着褶堆积起来,散发着耀眼的光。渔民说这河生得好,水很深却没有水藻,一网兜下去兜住的都是肥嫩的鱼,省了纠纠缠缠撕扯水藻的麻烦。

他沉默一会,脸色渐渐变白最后失去了血色。一些比现实更残忍的回忆慢慢上涌:三年前他跳下水去救她的那个晚上,拼命地在坑坑洼洼的暗石间迂回穿梭,撞得身体生疼。很多很多水草,纷扰纠缠在一起,头发一般。如今想起,这条根本没有水草的河里那随着水波飘动的丝滑,其实是她散乱的发丝,却被他误当作水藻一次次触碰又抛弃。

回城的巴士载着面如死灰的男人。快速掠过绿色的田原,在路上印下一长道车轮的痕迹,仿佛要留下仓皇逃离的罪人唯一的罪证。他伸出手,抓住一些绝望。丝薄的白色短袖麻衫,皱褶地瑟缩在风里,被风一吹,撩拨干涸的皮肤。湿淋淋的头发,和城市里肮脏的空气一般混沌的眼睛,倾斜着破碎的背影,隐退在都市浮躁的气氛中。他再也等不到所谓的救赎,猜不透之后的去向与终点。

密不透风的房间里充斥着歹毒的一氧化碳。他吞下几片安定,以最快的速度睡去。企盼那死亡啊,轻柔些带走他残破的生命。迷离恍惚间,瀑布式的黑发垂暮,缠绕住他痛楚的身体,温存抚摸,带走一些伤痕。

冰冷墓碑下葬着长眠不醒的爱情和渐渐被腐蚀的负罪与真相。除了那条至今没有水藻的河急促地流过,再没有什么被刻意地提起。

唱机里一直流淌着二手玫瑰的歌。淌啊淌地形成了那条溺死的河。

我心爱的女人在山上为人画着。画着一个快要死去的老鬼。那老鬼年轻得像我可怕的从前。手里握着我为那女人拾的玫瑰。我那女人画着画着快要枯萎。那老鬼为他留下了满山的遗产呐。听说他在死前一直闻着花的蕊。可是我那可怜的女人没有张开嘴。我努力地攻击着花的蕊。玫瑰呢呢喃喃地说位置不对。我努力地攻击着花的蕊。可我怎么用嘴去唱出这二手玫瑰。好花红那个红又艳啊，谁不愿那个骗她入胸怀，一层层剥下去让嫩的露出来，却说那情不变花也不会败。唉啊。你说我那女人为啥非要枯萎？那个老鬼为啥要留下了遗憾呐？为啥他在死前一直闻着花的蕊？为啥我那可怜的女人没有张开嘴？

A ce soir

【初】

不管你把性说成是什么，反正不能说它是一种尊贵的表演，海伦曾经这样说过。可他想，这明明就是一场再尊贵不过的表演。一切安静下来，信仰轻而易举被粉碎。有些故事是需要循序渐进来讲述的。可那些千杯不醉的谎言啊，它美丽得如诗如画，让人在春梦里游弋。柔软的风轻轻拂过耳唇。风儿在说话。奔跑吧美丽的姑娘。前面是美丽的童话世界。遗忘那些悲伤。虚张声势的勇敢足够使任何人屈服。那女子停下脚步回头望一望，并没有人在刻意追赶她。一场没有新娘的婚礼仍旧华丽而盛大地举行着。那腐朽的承诺由风儿送到他的身边。眼睁睁地看着那女子拎起裙子冲着婚礼举行的方向大喊。裙子下面，一双赤裸着的脚,鲜血淋漓。

他失魂落魄地坐在地上。镜中影像，横亘缠绵。那朵干涩的塑料花，旧的模子，新的颜色，一遍遍地被涂上靓丽的色彩，看上去新到可以再到市场上去兜售了。而他啊，只是用尽全力把它们扔向玻璃窗。撞碎了脸。腐烂的小飞虫。失忆的梦。愚昧的脸。甜蜜的嘴。失了味觉的舌。蠕动的胃。恐怖的直肠。

身体因干燥而枯萎。他想着无论如何都要做出点儿爱来。灯泡被换成暧昧不明的黄色。空气里流淌着 chnnel NO.5 香水高贵动人的气质。干净的纯白色棉布床单带着肌肤的味道弥散开来。他被生平素未谋面的女子拉到床边,动作熟练而干脆,好像这并不是他的家而是一个他从未到过的地方,是忽然出现在他面前的。他拘束地站着一动不动。身体苍白消瘦。坚硬的骨骼突兀地撑起薄薄的皮肉犹如弯刀,柔软的手指和嘴唇抚慰着那尘封已久的身体。我们不能做爱,我们不能,他呢喃着。声音软弱。额头上蓝色的血管凸起。情欲如同发作了的蛇毒在血管里加速奔跑。

身体开始冰冷。打开房间的灯。慢慢穿上累赘的包裹着赤裸身体的睡衣。光着脚坐在床边。无声无息。房间漏风。冬天的寒总是有本事从各个缝隙中挤进屋里来,霸道地将所有温暖俘虏。那点点微不足道的温柔啊。颤抖着竖起战败的旗。投降的那一刻,薄凉而微颤。那女子缓缓站起身,高高地挺立在床上。低下头,以一种异常高傲而又决裂的姿态看着床边低垂着脑袋的他。悲伤倾斜。眼见着眼前的世界缓缓倒塌。沉默而又坚定。一刹那间,全世界都在流泪。像至尊的神身边那些乞求重生的孤魂野鬼,凄凉而怨恨。

他轻轻抬起头微微动了动嘴唇,确定想呐喊但无法发声。就这样,眼睁睁地看着心被撕扯的粉碎。那声音如尖锐的警笛划破所有寂静。整个世界都在坍塌。粉碎的瓦片擦着他的身体陨落。全身是血。怀里却紧紧抱着我不顾一切保护起来的玩具。而那只玩具。却在我怀里安静地睡去。从此不肯醒来。

【终】
夜被沉重的关门声砸出一个窟窿。那女子带着本就该存在的陌生走开。他闭上眼睛。罗密欧口中流水似的语言填满他的脑子。铅注的羽毛。整齐的混乱。无中生有的一切。寒冷的火焰。你有轻快的舞鞋，而我只有沉重的灵魂。

那个一直重复着的噩梦惊得他无法呼吸。他看着自己的爱面前倒下，死去，无动于衷地看着，看着看着就笑了，笑的时候他撕扯着身上的衣服，最终一丝不挂地站着。极轻地拉开抽屉，用一只润滑的避孕套裹住坚挺的器官，手掌顿时湿润起来，呻吟着颤抖着。世界就在这样的喘息里灰飞烟灭。

他爱上与自己的身体做爱，带上一只毫无生命的橡胶套，恍惚润滑之间感觉就像在性爱之间游离。

不管你把性说成是什么,反正不能说它是一种尊贵的表演,海伦曾经这样说过。可他想,这明明就是一场再尊贵不过的表演。一切安静下来,信仰轻而易举被粉碎。有些故事是需要循序渐进来讲述的。可那些千杯不醉的谎言啊,它美丽得如诗如画,让人在春梦里游弋。柔软的风轻轻拂过耳唇。风儿在说话。奔跑吧美丽的姑娘。前面是美丽的童话世界。遗忘那些悲伤。虚张声势的勇敢足够使任何人屈服。那女子停下脚步回头望一望,并没有人在刻意追赶她。一场没有新娘的婚礼仍旧华丽而盛大地举行着。那腐朽的承诺由风儿送到他的身边。眼睁睁地看着那女子拎起裙子冲着婚礼举行的方向大喊。裙子下面,一双赤裸着的脚,鲜血淋漓。

爱着不爱自己的人

【初】

爱着不爱自己的人,也就彻底封存了心底那些罪恶且不时泛滥的欲望。无需索取,无关得到,更无所谓惧怕分离或背叛,他说。脱下领口有些污渍的白色衬衫和休闲西裤,从那个大号竹编篮子里随手抓出一条脏的仔裤和一件T恤胡乱穿在身上,走出潮湿阴暗而且狭窄的楼道,轻而易举消失在蒸腾着潮热和欲望的黑色中。

没有什么能比这夜晚更加拥挤的了。笔直的街道。快速冲过红灯闪亮的街口的车北风一样又快又急。行人的步伐受到惊吓,狼狈闪躲,进退两难,失魂落魄地滞留在路中央,颤颤巍巍。电影院的时光是冗长而支离破碎的。一高一低两个脑袋渐渐交合,谁会在意不远处大银幕里的斑驳色彩。办公室里沉重一天的身体终于轻盈。一个人瞬间变成四个,灵魂与肉体分离,思想与行为碰撞。何为负担,什么又是责任,无须逃避,一切都已经变得无关紧要。

他在那家经常光顾的酒吧坐下,眼前闪过一个陌生女子的面孔,闪过又回来,清淡的脸上毫无妆容。他心里微微一笑,那是张光滑得像西瓜皮似的脸,干枯的头发,粉红色的指甲。饶有兴趣地买下女子兜售的各种颜色的酒,买下并不喝。他一直认为这样的酒不会带来太多的味觉享受。那女子再次停在他面前的时候,他示意她可以把酒拿走,钱不必退还。毫无客气地收走满桌花花绿绿的瓶子,桌面顿时变得整洁而枯燥。她喜欢干脆利落,不愿拖泥带水,他想。

接近凌晨二点三十分,等在打烊酒吧的门口,握住那只粉红色指甲的手,手指冰冷让他顿时有些寒意,这是场无需深聊的游戏。牵住你手,跟着我走,仅此而已。身旁不断有车辆飞驰而过,带过的疾风使头发凌乱地飞舞并遮挡住干燥的脸孔。单薄的衣服,那凉意有些刺骨。他说带她回家,那女子苍白的嘴唇里挤出些简短而略带些语病的词句,与绵长的公路对峙。

做爱的整个过程并没有让他格外兴奋。毫无温度的亲吻,丧失激情的喘息。他望着那赤裸而消瘦的身体,轻轻抚摸,骨骼突兀,刺伤手指。

【终】

他频繁在午夜后等在打烊的酒吧门口,接她回家。她用沉默当脚步,跟着走,只是不说爱。偶尔有些时候,他们蹲在宽阔的公路旁,聊天或者不发一言。夜里的空气干净而匮乏多情的色彩。他呢喃着说永远都爱,她说电影里的台词是这样设计的。没有什么是可以永远的,唯有永远这个承诺,是永远都无法抵达的。一瞬间的感动只能表示那时的确是真的,过后,便因为各种更吸引我们的火花,使得两个人各奔西东。

她说这只是一场约定俗成的游戏,谈来谈去都是一样的规则,又何必贪得无厌地让游戏失去本身的欢愉。原本属于不同世界的两个人,只有在游戏里才能合二为一,迂回往返,无需牵挂。他有些沮丧但又似乎无关痛痒。他的忍让,她的反复。

那个他喝醉酒的夜里,剧烈地摇晃她的身体强迫她说爱他。她别过头,将视线停留在街上的某个地方,痴痴看着,固执地用沉默抵抗。游戏终于被玩啊玩啊玩出了火,夹带着歇斯底里的伤害让人心烦意乱。挣扎纠缠之时,她被狠狠地推下路边的台阶,还来不及跌倒就被那飞驰而过的车撞向漆黑的夜空又划出一道丑陋的弧线重重跌落。

他冲上去抱着那具早已血肉模糊的躯体微笑着说,游戏玩过了火,就只能竭尽全力地赌下去,赌注下得越多就越无法停止,直到其中一个人输得血本无归。可这个世界上不该只有他一个人疼,分一些给她游戏才能变平衡。

离别是不顾一切的甜蜜凄凉,而她也只不过是穿着礼服的屠夫。从那以后,他习惯性爱上不爱自己的人。

爱着不爱自己的人,也就彻底封存了心底那些罪恶且不时泛滥的欲望。无需索取,无关得到,更无所谓惧怕分离或背叛,他说。脱下领口有些污渍的白色衬衫和休闲西裤,从那个大号竹编篮子里随手抓出一条脏的仔裤和一件T恤胡乱穿在身上,走出潮湿阴暗而且狭窄的楼道,轻而易举消失在蒸腾着潮热和欲望的黑色中。

同志你好

【初】

在轻盈而舞动的清晨里,一切的未知都悄无声息地降临。天空清亮是蓝色的,马路宽敞是笔直的,房间昏暗是暧昧的,身体纠葛是相爱的。他们总是在清晨的阳光从窗帘的缝隙中挤进卧室的时候才开始入睡。两个赤裸着的褐色的身体纠缠在一起,肌肉健硕呈现完美的弧线,有些炽热总是像阳光像血一般鲜红而光亮。这是两个习惯在夜里出没的灵魂,孤寂或吵闹都与他们无关。离群索居,举手投足都是抛弃一切的举动,除了彼此。

那个窄小而仓促的酒吧有个独特的名字——同志你好。干净的茶色玻璃上贴着一张不大但很显眼的招聘启事。他们同时被录取的那一刻,互相注视对方几秒钟,那些蕴涵在眼神里的人间的戏顿时跳出眼眶,极速钻进对方的心里。那些戏,演尽尘世中男女浮华的光影与寂寞的收场。舞榭歌台,妖娆女子婀娜起舞,深沉男子浅吟低唱。英俊的魔法师把零落满地的爆米花变成无数朵素雅的雏菊,飘啊飘地充满整个剧场,渐渐形成大片的菊花雨,凌乱飘散,遮挡住戏子的身影。他们不再注视男人对女人的潦草一吻,而是目不转睛地盯着挥舞魔棒的魔法师。舞台顶上黯红的台布波浪似的晃动,仿佛随时都会姗姗落下,宣布一场悲剧的结束。寂寥的观众麻木退场。

一只青蓝色血管突出的手伸出来,握住另外一只。他们确信,这种美丽会随时遮住这个世界上其他看似美丽的东西,而那些通通都在说谎。这没什么不好。至少在发现世界空无一人的时候,在剧院角落蜷缩目不转睛地注视着空无一人的舞台的时候,有一双深邃眼睛的注视。

白日里的阳光,带着刀似的锋利,划破精致皮肤。他们小心翼翼地躲闪,失语地,不是幔色男子该出现的地方。闭上眼,掉转头,躲起来吧。等待黑暗如期而至,没有什么是比这种等待更美好的了。

【终】

这是一天即将终结的时刻,是他们慢慢复苏欲望开始升腾的时刻。一队蚂蚁,急急地赶路,朝着那个无比杂乱的心脏狂奔,在最柔软的地方,一场盛大的舞会华丽开场。

卖花的女孩早已等在路边,被满街泛滥了的欲望淹没。她不动声色地缄默,一晃一晃,却把这夜里不为人知的感情统统收纳眼底。她走到他们面前,低下头,以极其柔弱却清晰的声音说:"哥哥买支花吧。"他们付了钱,却没有拿走妖娆得过了头已经有些颓败的花,那些在夜色里绽放的情绪比花还美。

那间只有男人光顾的酒吧,烟雾缭绕中几根消瘦的火柴清冽地躺在桌角。它们整齐地躺着,安静且不动声色的思索燃烧究竟意味着什么。或温暖,或希望,抑或是死亡前的最后闪耀。火光中,一只黑色的羊和一只白色的羊徜徉。白羊说那火光充满希望,黑羊却说那是死神的召唤。卖花的女孩沉默地走来,站在两只羊的中间,摸摸这只又抱抱那只。手中的花纷纷滑落,雨般飘零。两只羊靠她更近一些,认真咀嚼那失去了花朵的叶子。她闭上眼,模糊中手里握着一朵七色花。可那花瓣啊,依旧纷纷零落,最后只剩下孤苦伶仃的一瓣。她伸手摘下,许了个愿,眼前却出现一个渡口。朴实的船夫向她招手,她登上船,用疑惑的眼神注视船夫。黝黑的男子淡淡一笑,温柔说出一个答案,无须彷徨,这只是路人甲的一丝忧伤。

他们不约而同地走到桌前,整理好零散在桌上的火柴。这样的夜里,再没有什么是值得幻想的了。离开幻觉不再守望,温柔的黑色穿城而过,他们换下工作制服加入那行列一起行色匆匆。

在轻盈而舞动的清晨里，一切的未知都悄无声息地降临。天空清亮是蓝色的，马路宽敞是笔直的，房间昏暗是暧昧的，身体纠葛是相爱的。他们总是在清晨的阳光从窗帘的缝隙中挤进卧室的时候才开始入睡。两个赤裸着的褐色的身体纠缠在一起，肌肉健硕呈现完美的弧线，有些炽热总是像阳光像血一般鲜红而光亮。这是两个习惯在夜里出没的灵魂，孤寂或吵闹都与他们无关。离群索居，举手投足都是抛弃一切的举动，除了彼此。

甲乙丙

【初】

那浓稠的血溅到他脸上的时候,窗外的风正卷起细小而单薄的尘埃飞上天去,被霸道的阳光刺穿成无数更加微弱的物质,散发出斑斑点点迷人的光。窗内的尘埃挣扎着,粘在那血中,渐渐地凝结成柔软的棉絮。他面色柔和,偶尔目光中闪烁着一丝欢快的情绪。那惊天动地却不为人知的秘密啊,让他像锋利的刀一般撕裂时光,又在歇喘的瞬间轻轻溜走。滚烫的血,在他心里酝酿流淌渐渐汇成潮热的河,温暖的感觉深蚀趾尖。

他和一个平静而凌乱的女人住在一个房子里5年。偶尔有些情绪,旋即被无声的空洞淹没了。这个世界上没有什么单纯的一如既往。咖啡馆里坐着面面相觑的两个人。她点了一杯甜腻而浓稠的芒果汁,他点了一杯清冷的咖啡,不加糖的那种。昏暗的光线照得人有些昏昏欲睡。他的电话响起,谈笑风声;她从包里拿出纸和笔,无聊而肆意地涂写。没有人愿意提起为什么要这样坐在这里打发时间。以为拥抱就是温暖。以为沉默就是平静。以为陪伴就能快乐。以为亲吻就是相爱。以为会一直存在的轰轰烈烈原来也只不过是声势单薄的转眼即逝。在一切都渐渐麻木消失殆尽之后,才发现曾经的以为只是心里最自以为是的底线。

那眉眼清冽的女子是什么时候出现在他的视线里的,似乎变得不那么重要了。她走在街道靠右侧的地方,踏着细碎的步子,黑色高跟鞋撞击着地面也撞击他的心。带她走上天台的那次,他挂着一张落寞的脸。不远处的房屋灯光通透,可那坚韧的围墙,冷漠的空气啊,阻隔着呼之欲出的情欲。紧紧地拥抱,他是那么容易妥协,他想,轻而易举。

一些如当初般的甜言蜜语。掉转头,一个信以为真地离去。一个在家附近的街口踯躅。

【终】
卧室顶部的巨大镜子里,水床涌动,一起涌动的还有赤身裸体的一男一女。他褐色的皮肤上沾满细密的汗珠,女子的长发蛇般缠绕躯体。一些了无声息的潮热的雾气拐着弯儿别别扭扭爬升上去,撞在镜子上,粉身碎骨,铺铺张张弥散开来。一双白皙而细长的手用力抓住他背部的皮肤,指甲深深陷进皮肉里。那女子看不清容貌,只有高亢而浑浊的叫声与强烈阳光激烈碰撞,闪闪发光。

有清脆的开门声。他微笑不语,把身下的女子包裹得更紧一些。

凛冽的尖叫让纠缠着他的女子从交欢的快感中迅速清醒。那女子抬起头望向门口的地方，眼前出现一个苍白出一种状态的女人，精致的一张脸由于受到某种巨大的刺激而神经性地颤抖。她知趣地裹着白色的床单，离开那张仍在涌动着的水床。临走时不忘在他耳边郑重地叮嘱，这只是一场交易，可她还没有拿到钱。

他皱一皱眉，英俊的眉宇登时拧在一起，露出痛苦的表情。站在门口的女人停止尖叫，走过去。伸出手在他的额头轻轻划过。有些寒冷是刺入骨髓的。她的诡秘。他的冷漠。那流淌在彼此间的寂寞。安静到可以听出灵魂的对峙。

只是一瞬间，女人抓起桌上平日里修眉毛的小刀，向自己颈部动脉的位置狠狠扎下去，艳红的血花洒式地喷射出来，形成恶意伸张开去的巨型的花束。那泛了滥的甜腻的气息啊，嚣张并快速地蔓延并渐渐充满整个房间，形成罪恶的腥臭。

女人甲。女人乙。女人丙。一个没卖到钱的婊子。一个因被遗弃而自杀。一个还在爱情里憧憬。从来都说三个女人一台戏。可这场戏里，却是各唱各的角色，没有重合。而这故事，依旧恶心着纠葛着缠绵着凌乱着悲伤着欢快着发展下去。

那浓稠的血溅到他脸上的时候,窗外的风正卷起细小而单薄的尘埃飞上天去,被霸道的阳光刺穿成无数更加微弱的物质,散发出斑斑点点迷人的光。窗内的尘埃挣扎着,粘在那血中,渐渐地凝结成柔软的棉絮。他面色柔和,偶尔目光中闪烁着一丝欢快的情绪。那惊天动地却不为人知的秘密啊,让他像锋利的刀一般撕裂时光,又在歇喘的瞬间轻轻溜走。滚烫的血,在他心里酝酿流淌渐渐汇成潮热的河,温暖的感觉深蚀趾尖。

双子

【初】

六月的天，孩子的脸。没有人知道它什么时候会变颜色。此刻，天空正挣扎着翻滚，蓝白金灰红交替更迭汹涌澎湃。他站在人潮慌乱的街道正中，抬起头，痴痴地看着，一会儿就入了神。被挡住前行道路的车响亮着气急败坏的喇叭声，公鸭般撕裂的声响像廉价妓女做作的高潮迭起的尖叫。他的表情有片刻的静止，之后又挂上了淋漓的色彩。记忆在视线所不能及的地方急速奔跑，模糊而异样。那个和他一模一样的影子躲在身后窥视着他腐烂的身体，冷漠地嘲笑着这个依旧苟延残喘着的男人。有些光线照在他光滑的手臂上，有浅浅的疤痕，这在他身上是司空见惯的。

除了他们自己没有人能真正分辨出他和他的弟弟来，包括他们的父母。语言，行动，表情，衣着，喜好，关于他人所能看到的一切，近乎是复制般地相似。两个流着相同血液的男子之间建立起的恩宠莫名而绵延。有些特殊的感情在他们之间深沉的传递，一目了然触手可及而又浑然天成，始终混淆在云蒸雾罩里不知所以然地暧昧。

那个比他晚出生几分钟的男人挽着他手臂的时候，像亲人却更像情人。他微笑着，长久以来把那些精致而温顺的小动作当作弟弟以此来索取自己疼爱的惯常小把戏。而事实上，他确实也觉得自己对那个与他同样年龄的男人溺爱得有些过分甚至有些过时了。

无休止的争吵源于那个穿红色高跟鞋的女子的出现。她踮起脚尖无比妖娆无比妩媚向他注视的时候，会令他的心里升起一些错落。时常走到家门口却停下脚步坐在台阶上，头深深埋进双腿之间躲避一些阳光，终究被热烈的光线深深灼伤。身形扭曲的影子摇摇晃晃从脚跟一直向上生长。怀揣着一颗颤抖的心脏编造连自己都信以为真的理由。偶尔丧失语言，拼命挣扎，无济于事，这是恋爱的疾病么。

【终】
弟弟死在他床上的时候他正将那张妖娆的脸捧在掌心端详，精致的妆容，不动声色蔓延着的欲望和那双迷离的眼里他安详的脸。可突如其来的胆囊疼痛让他来不及抵挡地躬下身去，冰冷的手指瓦解了纠缠。强烈而令人震颤的恐惧遍布全身，迅速将那些一丝不挂的诱惑埋葬。他的眼神开始绝望，抛下错愕的女子往家的方向狂奔过去。

血是从沉重的棉被下缓缓流出来的,多数都已经被棉被吸收,形成殷红色的血被。他夺门而出,开始奔跑。这是曾经出现在他梦里的一幕,喋血以及奔跑。他以为那只是一个梦,而今却狠狠地刺痛心脏。噩梦成真,有些惨淡。

清醒的时候,他反复看着弟弟死前寄给他的唯一的也是最后一封潦草且狂乱的信件。弟弟说自己终究还是走不出童年的孩子,时常在夜里拥抱着深爱的兄弟和哭泣的童音,带着纯净一如婴儿黑眸般的伤感,站在终究分离的刀刃上自欺欺人咬牙切齿地说着关于不离不弃的故事,并不厌其烦地循环反复。青春期不是绽放在炽热的夏季吗?可为何自己的青春发生在冬天?那可怕的爱情定格成第一片叶子开始挣扎的姿势,冰,彻骨,尖锐的碎,暗夜里耀目的美。深爱着的兄弟爱上那个擦着艳红口红女子的瞬间,他就知道自己完了。生命将终结于此,扭曲,搁浅,反复,纠缠。睫毛闪烁着悲哀的光,眼睛裸露着深切的痛,嘴唇颤抖着苍白的残缺,身体扩散着无力的祈求,就连太阳都在哭泣。只有他深爱的兄弟始终视而不见。不怕一个人,只是怕周围全是人的时候他还只是一个人。

做兄弟就不能相爱吗?弟弟死前最后一个问题在他脑子里形成了

永远都解不开的难题。如果能，为何他的爱是爱又不是爱？如果不能，为何弟弟用贞洁的身体和固执的灵魂当帮凶执意来成全爱？

有些时候，他用刺入弟弟身体的那把刀划破身上的某个部位，看血液缓缓流淌，一如弟弟死的时候从棉被下流出的血。他想它们是一样的，间或有些孤独。不怕一个人，只是怕周围全是人的时候他还只是一个人，弟弟说过。

六月的天，孩子的脸。没有人知道它什么时候会变颜色。此刻，天空正挣扎着翻滚，蓝白金灰红交替更迭汹涌澎湃。他站在人潮慌乱的街道正中，抬起头，痴痴地看着，一会儿就入了神。被挡住前行道路的车响亮着气急败坏的喇叭声，公鸭般撕裂的声响像廉价妓女做作的高潮迭起的尖叫。他的表情有片刻的静止，之后又挂上了淋漓的色彩。记忆在视线所不能及的地方急速奔跑，模糊而异样。那个和他一模一样的影子躲在身后窥视着他腐烂的身体，冷漠地嘲笑着这个依旧苟延残喘着的男人。有些光线照在他光滑的手臂上，有浅浅的疤痕，这在他身上是司空见惯的。

生活不是故事

【初】

那道疤,从右乳一直向肩部延伸上去,将光洁的皮肤分离两边。再也无法重合。疤的两侧涂抹着不同颜色:一侧挂着黯淡的忧伤,一侧带上沉重的面具。那粗粗的丑陋的一条,在灯光的照射下发出闪亮不朽的光,像深深雕刻在皮肤里的粗麻绳,长久束缚着尘封的身体和灵魂。温情的姑娘将柔软的手放在上面抚摸着并低声询问,这里是否曾把一个残忍且久远的故事缝合进了身体。他已经不记得这是第几次被要求回答这个问题了,厌倦地将那手推开。不容质疑的果断。这不算什么,只是男人身上司空见惯的代表男性存在的特殊符号罢了,他说。而心,却藏在最深最阴暗的地方隐隐作痛。

曾经还在青春的道路上徘徊的夏夜,夹带着冲动激情不朽紧紧握住另外一只同样柔软的手的夏夜,一把尖锐的刀插进了他的右肩。那个时刻,他的嘴唇湿润,浮躁潮热的情绪正一触即发。刀片带着惯常的寒气一路向下划过,冻结肌肤,胸口绽裂,喷洒出浓稠的液体。一瞬间,那曾经美丽的可爱的单纯的幻想的激动的永恒的景象在脑子里闪回,又倏地跌入黑色的深渊中,再也寻找不见,好比一场华丽而虚情假意的戏终究走到了原形毕露的时刻。花容失色的女孩抽回被他紧握着的手,如同那些闪回又消失的美好一般,迅速而决绝地消失在夜里。他恣意微笑,带走很多东西。快乐的孩子死了,疼痛的孩子醒了。青春的伤口裂了,忧郁的孩子开心地笑了。拔掉那把插在胸口的刀,用力甩向墙边,发出清脆的硬物撞击声,墙壁断裂,伤口变得伟大。

生活从此不再是故事。他胸前的伤逐渐结痂,愈合,脱落,像一条冰冷的蛇蜿蜒在胸口。偶尔触摸,依旧有隐隐的痛感,有些伤口是永远无法愈合的。可他不会讲给谁听,包括拥抱着他深爱着他的姑娘。桌上的烟灰缸里横七竖八地躺着已经燃尽的烟骸,寂寥地流淌着深灰色流沙似的眼泪,好像北京沙尘暴肆虐的天气。狂风卷起它所能带走的一切东西,整个世界在翻腾,热闹地翻腾着,寂寞地热闹着。即使这世界遍地是红黄紫绿的繁花似锦,终究还是被吹得东倒西歪,疲惫而匮乏地无法喘息。

于是这条胸口上的疤,像一面厚重的墙,横亘在他和他的姑娘中间。窒息,残伤,却说不出理由。不要触碰,那是一碰即碎的伪装。

【终】
除了那道不可提及的疤,大部分时间,他都仔细地与他的姑娘心无旁骛地爱恋。有些理由听上去是富丽堂皇的,那就是活着的日子总是太短暂,他需要用爱打磨一些幸福。于是每个秋凉的季节,他都带上姑娘来到已经远离了热闹和喧嚣的海边。安静地站着,海风抚过身上的时候,深深打个冷战。有种快感是刺痛而清洌的存在着的,比如人死,比如永不回头,再比如他胸前的疤。

他讲起那道疤的故事,有些出神,有些絮絮叨叨。以惯常的坚强抵挡与生俱来的敏感和纤细。姑娘陷进他的怀里,柔软而细腻。波浪舔蚀着无边的暗夜,那声音果断而清脆,撞在礁石上,哗啦啦地碎成片片,跌入无尽的黑色的海水里。百转千回,再没有什么记忆是不能被撞碎的。潮湿的空气吞没了他点燃的烟草,最后一缕烟带着忸怩的姿态迟迟不肯离去。一阵海风吹过,烟圈恍惚跳跃,最终暗淡了下去。

他说你瞧,这就是被尘封在身体里的故事,你长久以来一直处心积虑要挖掘的故事。它没什么好听的也不动人不是吗?这只是一个故事,可生活不是故事,何必抽丝剥茧地纠缠到底。

姑娘把手伸进他的衬衫里,抚摸着那温柔的疤,那一刻它似乎是柔软的,一如姑娘的手。而深入男人皮肤和肉体的这道疤,早已被岁月腐化风干，变成坚韧而麻木的硬痂，镶嵌着他曾经殇逝的青春。比对过去，刻录现实，憧憬将来。

姑娘深深地闭上眼睛，自己这颗以爱之名执意想要撕开裂痕看个究竟的自私的心啊。浓烈焦灼，在强烈而耀眼的光环笼罩下，带着利刃似的矫捷刺穿他另一半完好无损的胸脯，却喋喋不休地说着抵死都要缠绵。可那肉体后面细腻的心，如何才能承受一边要给她无尽幸福的承诺一边又被记忆缝隙不时溢出的血淹埋的难以呼吸的负重。

那道疤，从右乳一直向肩部延伸上去，将光洁的皮肤分离两边。再也无法重合。疤的两侧涂抹着不同颜色：一侧挂着黯淡的忧伤，一侧带上沉重的面具。那粗粗的丑陋的一条，在灯光的照射下发出闪亮不朽的光，像深深雕刻在皮肤里的粗麻绳，长久束缚着尘封的身体和灵魂。温情的姑娘将柔软的手放在上面抚摸着并低声询问，这里是否曾把一个残忍且久远的故事缝合进了身体。他已经不记得这是第几次被要求回答这个问题了，厌倦地将那手推开。不容质疑的果断。这不算什么，只是男人身上司空见惯的代表男性存在的特殊符号罢了，他说。而心，却藏在最深最阴暗的地方隐隐作痛。

你听到山那边的呼吸了吗

【初】

村子在残破夕阳的笼罩下映射出喋血的颜色。黄澄澄的庄稼堆得小山那么高。草场上的人很少,只有寥寥几个老汉落寞的身影。间或有人扔下手中的农具,往地上重重一坐,磕出旱烟杆里浓重的烟油。那滑腻腻的泥似的油黏稠且带着刺鼻的气味,长满老茧的干巴巴的手在腰间摸索着,终于解开那已经磨得灰旧的布烟袋,利索地把烟杆放进去,用力碾一碾,将一小撮烟叶碾进烟锅,点燃。慢悠悠地送到嘴边吧唧吧唧用力嚼上几口。闭上眼睛享受农活后的片刻悠闲,像夜里的露水打在田间荡漾起一阵奢侈而短暂的富足。那脸上留恋的表情如同打着圈圈升腾起来的烟草味,肆意漫延,轻飘飘的却又浓烈地呛。大多数屋顶的烟囱里都向外冒着浓密的炊烟,在屋顶上空盘旋混杂,被风一吹,温柔又残酷地从一家没有冒烟的烟囱里流进去,迂回曲折地流入哭泣的人的鼻腔。

初秋的村子还带着夏日残留的热度。火辣辣地刺伤着人们的脸。她出门的时候,特意穿了那件他送的米黄色底压花斜襟小褂,对着镜子将乌黑的发从中间细致地分开,编成两股紧密的麻花辫。再仔细端详一下,淡淡涂上些脂粉。裁剪合体的小褂裹住那青春丰腴的身体,也把纷飞的梦裹得严严实实,密不透风。

他站在日头下,回望着村子,眼里闪过一丝渴望却又快速地融化了。除了紧紧握住他的手不放的姑娘,再没有人赶来送别。村民们的窃窃私语刺痛心脏。这是个被女人养活的男人。他出乎意料地抗拒,将两人的距离硬生生撕扯开,却终究没有拒绝那被攥热了的一沓厚厚的学费。他将一只草编的手环系在那只有些苍白的手腕上,抱一抱哭泣的姑娘,短促而又敷衍。惺惺作态上演的虚情假意的戏终究带着不断滋生的厌倦草草收场,眼泪卑微。

【终】

他时时来信,用城市里华丽而盛大的语言包裹着苍白的感情,只是不提归期。他说那片他们从小一起长大的土地是否还开着大片大片黄色的油菜花。他说荒芜的田里是否还有腐朽的向日葵枝干瘫倒在一边。他说那只叫蛋子的狗是否已经年迈到忘记他的程度。他说村子里的孙爷爷是否已经子孙满堂。他说北京这个城市很脏。家里的空气是否还像他走时那样清新而张扬着爱的味道。他说得太多。他什么都不记得。姑娘抚摸着有些皱褶的信纸,手指陈列着寂寞。

思念是一条永无止境的长长的线,在时间里蔓延。姑娘在山里遇上塌方奄奄一息地被抬回家的时候是他离去的第七个年头。她停止呼吸前的一刻似乎是清醒的，却又带着迷离的醉。凋零的夜晚，母亲轻轻梳理她乌黑的长发，精细地盘成一个髻，扎在脑后。娘说这是她的最后一夜，慢慢托起那拖在地上的火红的嫁衣抚摸着。那红色啊，刺伤人的眼。她安静且不动声色。那根他临走时系在她手腕上的草绳如今早已枯萎干死，一如她等待的心。伤口溃烂，从嘴边慢慢涌出的黏稠。安静滑落，图腾哭泣。房间里腐朽而发霉的空气穿透昏暗的灯光，包裹着红色的衣，慢慢起舞。

那个侗族姑娘阿飞的歌声远远地飘来，有些歌是为她而唱的。妈妈看好我的我的红嫁衣，不要让我太早太早死去。夜深，你飘落的发。夜深，你闭上了眼。这是一个秘密的约定，属于你，属于我。嫁衣是红色的，毒药是白色的。但愿你抚摸的女人流血不停，一夜春宵不是不是我的错。但愿你抚摸的身体正在腐烂，一夜春宵不是不是我的错。

村子在残破夕阳的笼罩下映射出喋血的颜色。黄澄澄的庄稼堆得小山那么高。草场上的人很少，只有寥寥几个老汉落寞的身影。间或有人扔下手中的农具，往地上重重一坐，磕出旱烟杆里浓重的烟油。那滑腻腻的泥似的油黏稠且带着刺鼻的气味，长满老茧的干巴巴的手在腰间摸索着,终于解开那已经磨得灰旧的布烟袋,利索地把烟杆放进去,用力碾一碾,将一小撮烟叶碾进烟锅,点燃。慢悠悠地送到嘴边吧唧吧唧用力嘬上几口。闭上眼睛享受农活后的片刻悠闲,像夜里的露水打在田间荡漾起一阵奢侈而短暂的富足。那脸上留恋的表情如同打着圈圈升腾起来的烟草味,肆意漫延,轻飘飘的却又浓烈地呛。大多数屋顶的烟囱里都向外冒着浓密的炊烟,在屋顶上空盘旋混杂,被风一吹,温柔又残酷地从一家没有冒烟的烟囱里流进去,迂回曲折地流入哭泣的人的鼻腔。

轨道

【初】

凋零的土地,肆意释放着蜡黄的顿挫。生锈的铁轨。条条斑驳。漫天可见的卑微的幸福。奔跑以及追逐,与他无关。反复挣扎却终究萎缩在心里的某个角落。无声无息。以决裂的姿态谋杀自己。不及安慰。这个世界就是这样,坏透了。他想。火车驶入阴暗又无止境的隧道里。他向四周看看,黑暗里一些苍白的面孔闪闪发光。迅速闭上眼睛,将头靠向车窗的一侧。朦胧地睡去。梦里纠缠着大片大片的沼泽。有深绿色的水草妖娆缠绕。扯住他硬生生地往下拖。一瞬间,他的思维停滞并迅速分裂,像深沉的夜摆弄着沉沦的姿态。沼泽里娇柔妖冶的姑娘啊,频频向他展示赤裸的身体。他盯着那双深红色闪光的眼睛,那里流淌出滚烫的血。可那干裂的黑色的唇啊,却狰狞着犀利的齿。她举起的煞白的手,手腕盘绕着生锈的铁链。顺着胳膊一直延伸上去,锁住脖颈,也将生命一起锁定。他惊醒过来,车窗外已经闪动着灿烂的金色。可那千年的寂寞啊,却无论如何都无法被埋葬。

他紧张而慌乱地冲进洗手间,快速洗漱后套上厚重的西装,又是淋漓而匆忙的一天。站在家门口稍微停顿。早晨的阳光暧昧,舔着他的脸。无暇顾及,用力叹息。然后迅速地融入熙熙攘攘的人潮中。这座大而空洞的城市啊。有些花似是而非地开。有些鸟鸣呜咽咽的鸣。有些故事不清不楚地发生又结束。有些人仓皇聚散。有些人潦草悲欢。一切带着冷淡而敷衍的情绪毫不留情地扩张蔓延。只有欲望,欲望像杂草在身体里疯长,尖刻地划破身体,埋葬灵魂。

关于那些夜晚发生着的故事,他始终记得《性•谎言•录像带》里的那句话:男人努力爱上吸引他的女人。而女人则越来越被她爱的男人吸引。可什么是感情,什么又是温情,到头来什么都没有。光鲜而又猥亵的身躯包裹在多彩的衣饰里,那些压制在身体里挡也挡不住的蠢蠢欲动的性欲,热乎乎地往外冒,带着肮脏弥散,游离又原地不动。他好像是失去了维生素的酵母,血液里滑过冰冷的唾沫。苍白麻木荒芜了那么多年,却依旧还是不够资格毕业。

开始抱怨恶毒的天气让人热得透不过气。开始触摸自己,开始散发出酸酸的腥臭味。它跟夏天的阳光绑在一起出现在他身上。这些像生锈的铁轨般一成不变的生活,紧紧勒住他的喉咙。

【终】
他觉得自己病了。他开始逃,麻利地将几件随身换洗的衣服潦草地塞进旅行包里,兹拉一声,拉上拉链,也将与这个纷扰世界拖沓冗长的重负最后的联系一起关闭。再没有什么是值得留恋的。远行,释放一些情绪。在等待和错过之间徘徊,无所谓存在或丧失。

呼啸而过的风摩挲耳唇。朦胧的痒。这是一次新的呼吸。在逃亡的旅途上生病,却无论如何都感觉不到疼痛。

凋零的土地,肆意释放着蜡黄的顿挫。生锈的铁轨。条条斑驳。漫天可见的卑微的幸福。奔跑以及追逐,与他无关。反复挣扎却终究萎缩在心里的某个角落。无声无息。以决裂的姿态谋杀自己。不及安慰。这个世界就是这样,坏透了。他想。火车驶入阴暗又无止境的隧道里。他向四周看看,黑暗里一些苍白的面孔闪闪发光。迅速闭上眼睛,将头靠向车窗的一侧。朦胧地睡去。梦里纠缠着大片大片的沼泽。有深绿色的水草妖娆缠绕。扯住他硬生生地往下拖。一瞬间,他的思维停滞并迅速分裂,像深沉的夜摆弄着沉沦的姿态。沼泽里娇柔妖冶的姑娘啊,频频向他展示赤裸的身体。他盯着那双深红色闪光的眼睛,那里流淌出滚烫的血。可那干裂的黑色的唇啊,却狰狞着犀利的齿。她举起的煞白的手,手腕盘绕着生锈的铁链。顺着胳膊一直延伸上去,锁住脖颈,也将生命一起锁定。他惊醒过来,车窗外已经闪动着灿烂的金色。可那千年的寂寞啊,却无论如何都无法被埋葬。

孔雀

【初】

那只优雅的孔雀走失,弄丢了它华丽的外套。天下起雨来,密密麻麻细述关于青春关于心里的故事。南方的冬季是最难捱的光景,尤其是在漫长而繁复的假期。空荡且寂寞的思念伴随着冬日的寒冷占据了他的整个房间。他一动不动地躺在床上,偶尔变换一下姿势。该是安静的吧,耳边却充斥着教室里的吵闹与喧哗。那些尖锐的叫声带着不尽如人意的刻薄不断盘旋上升,在空中迅速流转扩散,生硬地侵略每个人的耳膜,引起一阵唏嘘。

顿挫的开门声把他的思维暂时拉回到现实里。下意识的抗议突如其来地打扰。母亲探进头来询问他是否要吃些什么,有些烦躁的拒绝。母亲扯开不满意的嗓门胡乱骂了几句便重重地关上门出去了。他的思维愣了一下便又活跃了起来。那个头发干枯的女孩坐在窗边的桌前,托着下巴,若有所思地看向一个地方。偶尔用消瘦的手胡乱抓几下头发,便又安静成一尊雕塑。柔和的阳光溅在睫毛上,有金色的光闪动。那双深邃的悲伤的眼睛里有些潮湿,却又带着永远都流不出泪的干涸。苍白的脖颈上有一道粉红的疤,早已愈合不再流淌令人惊恐的血液,却细嫩而狰狞地把人生分割成残忍的两段。

他走过去不由自主抬起手抚摸她枯槁的头发，有苦涩的味道。那双潮湿的眼睛游移过来，带着刺痛的慌张。他按住她，随手拿起一支红色的油彩笔在她的脖子上描绘起来。一条暗红色的图腾沿着脖颈盘旋上升，停留在右耳上形成一朵美好的小花。潮湿的瞳孔渐渐蒙上了一层柔和的色彩。他看着自己的杰作，自以为是地认为那些忧伤的刺痛的难堪的败坏的腐朽将深深埋葬在他华丽而盛大的掩盖之下。

后来，那脖子上的疤一次又一次的出现。他依旧拿着笔，精心画上一些不同的图案。那是永远都不能愈合的伤痕，即使涂脂抹粉。

孔雀张开蓬松的翅膀以起飞的姿态在低处盘旋往复，偶尔翅膀擦着地面发出细琐的声音，坚定而张扬地撕裂似是而非的沉静。优雅的颓废。堕落的高贵。他伸出手，带着她奔跑，留下身后那些浓烈的刻薄的眼睛互相撞击出斑驳的颜色渲染整片天空。可那天空啊，固执地扩散出大片大片的蓝色，哪管四周一张张扭曲的挫败的诡异的苍白的脸释放着死灰式的颓然。

【终】

关于那场没有终点的奔走出逃的游戏在千疮百孔的窘迫对峙中迅速走向尾声。头发干枯的女孩站在他面前,低着头。他有些懊恼却又立即被兴奋的感觉冲散了。他说他们只是注定相邻的两朵花,看似很近却永远无法到达。起风的时候,随风飘荡,偶尔触碰到对方的身体随即离散。

他背转身去,有些忐忑,开始诅咒这场该天杀的游戏,心却无比坚定。他开始说话,迟缓的艰难的。他爱她,可他更爱自己。他爱她缘于他想变成像她这样的女子。生命是多么令人无奈的存在,像一个悬念跌宕的故事,终究让人无法选择自己想成为的那种人,却又不择手段地搭上一生的时间执著追寻着那些注定无法实现的宿命,与守候无关。

风吹得树叶哗啦啦地响,也将她的丝质裙角撩起。慢慢踱着步子,不理会他焦急而狼狈的眼神。越来越干枯的长发在空中洋洋洒洒地飘荡,露出脖颈上那道粉红色的疤。微微升起一些凉意,透过疤痕直接渗入皮肤深处,跟随流淌的血液传遍全身,绽放出妖冶的寂寞的花。他沉默着,眼睛里却闪动着兴奋的光。这个始终让他沉迷的女子啊,即使不是爱恋也依旧带着繁华的好颜色坚定地存在,至少在别人的眼里他们是一对恋人。

有一滴眼泪从她脸上划过。只一滴,便消失不见。依旧是安静且悲伤的脸。抬头看着天空,辽阔且高远,那大片大片繁花似锦的颓败。以蔓延的姿势骄傲地存在,偶尔呈现出一些明媚无瑕的色彩却马上又消失不见。太阳花扬起高贵的头对着阳光却隐忍着这不可告人的秘密肆意疯长,即使每一颗果实都包含着成熟的苦楚却终究还是以沉稳而隐秘的方式慢慢萎缩。

在最后的最后,没有什么值得停留。

那只优雅的孔雀走失,弄丢了它华丽的外套。天下起雨来,密密麻麻细述关于青春关于心里的故事。南方的冬季是最难捱的光景,尤其是在漫长而繁复的假期。空荡且寂寞的思念伴随着冬日的寒冷占据了他的整个房间。他一动不动地躺在床上,偶尔变换一下姿势。该是安静的吧,耳边却充斥着教室里的吵闹与喧哗。那些尖锐的叫声带着不尽如人意的刻薄不断盘旋上升,在空中迅速流转扩散,生硬地侵略每个人的耳膜,引起一阵唏嘘。

活的只是当下

【初】

亲爱的姑娘,请不要摘除他的心脏,否则他会丧心病狂,遗忘你的模样。亲爱的姑娘,请谋杀他的思维,否则他会大肆兜售淫荡,践踏你的专注。亲爱的姑娘,请剥光他虚假的衣裳,否则他会将负罪的灵魂伪装。亲爱的姑娘,请夺下他手中的枪,否则你将遍体鳞伤。亲爱的姑娘,请帮他买一丝温柔,在他还没铁石心肠的时候。亲爱的姑娘,请带走他的欲望,让生活变得不那么脏。亲爱的姑娘,请裸露出他的胸膛,风干昨夜的灼伤。亲爱的姑娘,看吧看吧,那只是丑陋的美丽,邪恶的善良,轻佻的高贵,胆怯的勇敢,软弱的坚强。亲爱的姑娘,看吧看吧,他只是一只愚蠢的羔羊。

他看着这封寄给妻子的如同战斗檄文般的匿名信件,现出千疮百孔的表情,狠狠地吸了一口烟,零落一地灰色的尸体。27岁开始第一场恋爱,半年后第一次偷情,女友因此而割腕自杀。溢出浴缸的暗红色缠绕他的脚,温暖自脚心直线上升。他把那个已经停止呼吸的姑娘抱出浴缸,那肉体带着沉甸甸的下坠感,缓慢地坐进喋血的瓷盆中。死死的盯着空气,从白天到黑夜。细微的透明的尘埃生出红色的心,一粒粒透出鲜活的生命,有微弱的生命浮动。他不再悲伤难过。

一个妖娆艳丽的女子牵着他的手反复说着夜是美好的。他微笑并欢愉地认为夜真的很美好。于是这个化浓重烟熏妆并出没在黑夜里的虚幻身躯成了被他称为女友的第二个女人。他跟着她走，摇摇晃晃，酒精和大麻令身体迅速飞升，到达黑暗中的某个位置，停滞并迅速扩散，眼前有金色的光。赤裸的女子疾舞。湿淋淋的头发包裹着性感的身体，若有若无一将黑色丛林暴露。有陌生男子靠近，不动声色地将手指伸入那片丛林，却又虚张声势地撩拨她的情欲。他转身离开高悬着荷尔蒙招牌的酒吧，冲进街边散发着腥臭味道的简易公厕，抱着绝望的马桶吐得一塌糊涂。那些腐烂的现实邋遢而虚假地说着不朽。真相的窗帘被撕裂。一只发情的母狗嗅着公狗的屁股，压抑而抓狂。他丧失了对夜的美好的认同以及最原始的情欲，不再回头。

他手里紧紧攥着各类证件等在登记处门口，在工作人员鄙夷的注视下不停看着腕上的表，那个与他约好登记结婚的女子从此再没有出现过。他有些恍惚，随即呆坐在地板上。生活，像活活憋死在裤裆里的欲望，还没来得及嚎叫就已经奄奄一息了。舌头纠结麻木最终再也不能动弹地死去，他变成了哑巴，尖锐的噪音撕裂着骨膜。耳朵流出鲜红的血液，他无法再听到声音。头发深深地刺入眼中。他张开双手却看不到前方。

他离开了家。在一个远方的小国把黄头发蓝眼睛的外国女人压在身下奋力地摆动身体，硕大的乳房涌动，Fuck 的浪叫声不绝于耳，与东方女子不同的粗大的恶劣令他作呕却无法熄灭蔓延的雄性欲望。他有些沮丧，疯狂咒骂着她们肮脏的乳房活埋了他漂亮的思想，却仍旧趴在那些苍白的大腿上无耻地装睡并流出快乐的口水。他想他这辈子就这么完了，像夜晚的角落里蜷缩成一团的饥肠辘辘的狗，突出凌厉的肋骨，瘦成长长的一条。

【终】

新婚妻子是他两周前认识的，没有婚纱照没有酒席，只是每天清晨醒来时身边睡着一个陌生的身体。他莫名而无动于衷地活着。活的只是当下。半年后开始偷情。走过的路循环往复。他不知道为什么把这个勤劳而善良的女人娶回家，不知道她为什么要嫁给他。他没问她也不说，只是在收到那封匿名的信件后浅浅一笑。他认得那些字，那是他落跑的新娘寄来的。苍白的纸，凌乱潦草又清新隽永的字迹。他举着一张无意间发现的写满仇恨的纸，手有点微微颤抖。那些轻轻漂浮在纸上的字，撕裂着一个男人的心，暴露出无懈可击的脆弱。那脆弱藏得深啊，深到你只能看到把它深深埋葬的倔强的容颜。

亲爱的姑娘，请不要摘除他的心脏，否则他会丧心病狂，遗忘你的模样。亲爱的姑娘，请谋杀他的思维，否则他会大肆兜售淫荡，践踏你的专注。亲爱的姑娘，请剥光他虚假的衣裳，否则他会将负罪的灵魂伪装。亲爱的姑娘，请夺下他手中的枪，否则你将遍体鳞伤。亲爱的姑娘，请帮他买一丝温柔，在他还没铁石心肠的时候。亲爱的姑娘，请带走他的欲望，让生活变得不那么脏。亲爱的姑娘，请裸露出他的胸膛，风干昨夜的灼伤。亲爱的姑娘，看吧看吧，那只是丑陋的美丽，邪恶的善良，轻佻的高贵，胆怯的勇敢，软弱的坚强。亲爱的姑娘，看吧看吧，他只是一只愚蠢的羔羊。

枪杀爱情

【初】

信誓旦旦地说着一定要遗忘的时候,就已经烙在记忆的最深处了,不及安慰。他并没有意识到这一点,只是颓然地失落。房间的地板上还留着她零星的发丝,枯萎且凌乱。粉红色女式拖鞋上有些尘灰,孤单又倔强地停留在墙边。没有人将它收藏,也没有人带走。这是个装满她的味道残缺他的记忆的房间,角落里乱七八糟堆放着一些过期的爱情,随着时间的前行慢慢挥发。卑微的哀伤,不可救赎。水管里有水滴落入池中,发出叮的一声清脆。静,这屋里再没有人了吗?寂,那只是主人抽离了所有空气在记忆里徒劳的挣扎。安,究竟是谁停下了跳错的舞步。颜,那是迟迟等不到的花开季节。

他在河边看到她的时候,她正拼命让泪水从眼眶里流出。装饰精致的鹅蛋黄色花纹的指甲断裂,一些萎靡的伤口溃烂着,带着刺痛的锋芒。他抱住这个陌生的女子,心里一片空白。那冰冷的身体微微有些颤抖。细碎的小柳絮散落一地,已经春了啊,可她还带着冬天的寒冷。他们保持互相拥抱的姿势站立了很久,直到连抽泣声都消失不见。他牵住她的手行走,与熙熙攘攘的人群擦肩而过。

她是天真的。一个陌生人的温暖拥抱都能让那早已猝死的温情不遗余力地再次娇艳明媚起来。她说不痛，然后将爱情重新拾起，拖着大包小包和十几个破旧肮脏的民工用的编织袋闯进了他的家。在惊讶的目光里使劲地把那些肮脏的行李袋往房间里拽，光洁明亮的地板在身后留下几道灰黑不洁的印记，一直留着。他有些惊慌失措的笑，这可真是个你给一点提示她就许出永远的姑娘。但这样也好，至少她是纯洁的透明的单纯的干净的楚楚动人的。于是送出一些爱恋，像温和的春风不冷不淡地吹。

可这个谋杀的季节啊，城市的各个角落里都在兜售粗糙低劣残陋不堪的荷尔蒙牌香烟，带着浓烈猩红的气息扑鼻而来，让人还没来得及招架就已经深陷其中。谁说倾诉才能被怜悯，认真迫切富丽堂皇的拼命追寻终究会被扼杀在冰冷的淡漠中。黑暗里，她蜷缩在被子里，将手伸在半空中，抓住一把寂寥，放入口中轻轻咀嚼。

她拖着那十几个破旧肮脏的编织袋离开他家的时候，他正将温热的舌头伸进另外一只灼热的口中。谁来阻止这该天杀的罪恶，决绝地转身离开，摆出永不相见的姿态。房间的地上那些灰黑不洁的印记一直留着，没有干净过，从来都干净不了。

【终】

他拥抱着不同女人的温情,嘴唇湿润,耳边泛滥着暖暖的冲动。可那个在河边奋力流泪的冰冷身体总是若有若无地出现在记忆里,有些沮丧。那些朝九晚五的混乱嘈杂与八小时之后的歇斯底里并没有抹杀这些记忆,反而把它映射得更加清晰,就连梦都张牙舞爪起来。他拨通那个封尘许久的号码,深深呢喃。

她说无须找寻。面对爱情,她再也无法选择睁一只眼闭一只眼的容忍。许多残伤刻在心上,挥散不去。即使把疼痛深埋,也还是一刺即破。终究发现唯一能做的只是睁一只眼闭一只眼,扣动扳机,枪杀这该死的爱情。然后固执地转身,跳上那最后一班逆行的列车,驶向永远。

他闭上眼,过期嘴唇收回,那个相拥站立许久的夜晚早已不在。前面的故事写的是曲终人散,就算锥心顿悔也无济于事。失去的,终将不在。她把他欠下的一切加倍地索取回来,疼痛的,残酷的,冰冷的,以及死灰的。

信誓旦旦地说着一定要遗忘的时候,就已经烙在记忆的最深处了,不及安慰。他并没有意识到这一点,只是颓然地失落。房间的地板上还留着她零星的发丝,枯萎且凌乱。粉红色女式拖鞋上有些尘灰,孤单又倔强地停留在墙边。没有人将它收藏,也没有人带走。这是个装满她的味道残缺他的记忆的房间,角落里乱七八糟堆放着一些过期的爱情,随着时间的前行慢慢挥发。卑微的哀伤,不可救赎。水管里有水滴落入池中,发出叮的一声清脆。静,这屋里再没有人了吗?寂,那只是主人抽离了所有空气在记忆里徒劳的挣扎。安,究竟是谁停下了跳错的舞步。颜,那是迟迟等不到的花开季节。

义无反顾的谎言

【初】

他很懊恼,低声说着不要对你爱的人说谎,哪怕是善意的,谎言终究只是谎言,纵使它披挂再好的颜色,有些喋喋不休。潦草清洗了一下身体上凝固的血迹,浸在衣服上的斑驳暗红却无论如何都洗不掉。电话铃发疯似的吵嚷,无心应对,缓慢却焦躁地踱着步子。房间越是空旷心就越窒息。远远看见一个灵魂拥着熟悉的姑娘,背影模糊而真实。仓皇遮挡千疮百孔的表情。心萎缩着,轻描淡写地掩饰了四年前的死亡与嘱托,极力摆出爱的姿态诠释坎坷的过程。即使嫁衣早被丢弃,即使与爱无关,即使再向前一步就是天堂,即使抵达还有些距离。

暗夜里的 BAR 带着深刻的疼痛在刺耳的音乐中摇摇欲坠。写满欲望的陌生男人搂住他身边女子的腰,纠缠扭动,偶尔撞击他的身体,无意而轻佻,酒精发酵,烦躁蒸腾。他举起装满酒的玻璃杯砸去,炽热的液体溅在脸上,这让他顿时亢奋无比。满身是血的男人从桌上抓起一把餐刀兽一样向他扑过来,有撕裂的声音却毫无痛感。挡在身前的寻在他眼里渐渐下坠。他伸手想要抱住这个从小一起长大的朋友,却重重摔在地上。他开始哭泣,带着恐惧的无助。寻说那个一直爱着自己的姑娘以后就要他来照顾了,四周不断暗涌而出的液体将他深深掩埋。

他撒谎说寻执意要离开这个城市离开她，只留下一只黑猫。一个人决绝要走的时候就无须再找，就好比你永远无法与意志抗衡。他一边这样说着，一边强行封存撕裂的疼痛和卑微的谎言把流泪的姑娘拥进怀里。要他如何才能说出寻是因他而死的呢。这个故事太苍凉，可他还没来得及准备好只做个置身事外的讲述者。太多欢愉的回忆，还在涌动。太多斑驳的身影。还未褪色。那血。还鲜红鲜红的汩汩流着呢。

他闭上眼睛，带着假意的温情固执地将一文不值的谎言和价值连城的感情扯上密不可分的关系。他是骗子，也是屠手，竭力制造一些幸福给予别人，却温暖不了自己。记忆已经染上黑色的暗伤，爱情又怎能开得纯洁芳香。他开始不确定自己的情感，却依旧以歹毒的姿势靠近。于是，明媚鲜艳在不动声色中轰然倒塌，一睁眼便看见万劫不复的千疮百孔。

【终】
在蔷薇花凋谢的时候，一个孤独的女子蜷缩在被窝里瑟瑟发抖。海藻似的头发遮盖了双眼，闪烁着颓败的光。那个被心爱的人抛弃的谎言被深深地刻在柏林墙上，并随之一起决绝地倒塌。倘若没有与寻的父母在这个拥挤城市的邂逅，她将永远不知道那些被幸福包裹起来残酷的真实。

他轻轻抚摸那只无家可归的黑猫。黑猫挣脱逃离，倏地消失不见。他对颓然的姑娘说这对他来说是个义无反顾的谎言。他想把她的耳朵咬掉，让她再也无法听到别人说的那些过期的甜言蜜语。把她的心自私收敛，让她不要在紫色的朦胧里悲苦呻吟。把她的灵魂深深浇灌，释放最初被爱的美丽。他要让她疼痛，把她深埋，然后不动声色地离开。他说的太多，却什么都没有留下。

洗手间内传来生硬而顿挫的重击声。他冲进去，嫣红的血从苍白的瓦片上倾泻而下，流到他赤裸的脚下，温柔缠绕。她的额角有汩汩的液体涌出，像沼泽般蔓延。她渐渐微笑，目光呆滞而傲慢，嘴角泛起令人胆寒的纹路。他后退几步靠墙站定，喉咙无力地动了动却丝毫发不出声音。她说寻死了她就不该活着。这场戏迟到了四年，可终究还是上演了，比以前更华丽而盛大地上演了。可生活啊，本来就是一次又一次的开幕落幕，又何必再苦心经营一场突如其来的演出。谁让谁的记忆排山倒海。谁让谁的命运流离不堪。

他很懊恼，低声说着不要对你爱的人说谎，哪怕是善意的，谎言终究只是谎言，纵使它披挂再好的颜色，有些喋喋不休。潦草清洗了一下身体上凝固的血迹，浸在衣服上的斑驳暗红却无论如何都洗不掉。电话铃发疯似的吵嚷，无心应对，缓慢却焦躁地踱着步子。房间越是空旷心就越窒息。远远看见一个灵魂拥着熟悉的姑娘，背影模糊而真实。仓皇遮挡千疮百孔的表情。心萎缩着，轻描淡写地掩饰了四年前的死亡与嘱托，极力摆出爱的姿态诠释坎坷的过程。即使嫁衣早被丢弃，即使与爱无关，即使再向前一步就是天堂，即使抵达还有些距离。

一根麻绳的绝望和希望

【初】

他坐在门口的台阶上了,有几秒钟的时间一动不动。很多个清晨他都这样。脑子混沌而空洞。他总是需要多几秒钟去仔细辨认这座破落院子里的物品和身后那间老房子潮湿阴郁的气息。偶尔有闪亮花白的影子闪烁,晃动着金色的头发将他逗弄,随即破碎。他用那双枯萎干裂的老手揉揉眼睛,想再看仔细些,却除了一堆堆浸泡在水里的苘麻,再无其他。此时他的身旁也放了一堆苘麻,这是搓麻绳最好的材料,柔韧又结实。他抓起一把,正要揉搓,却隐约中听到耳边传来一声轻幽的长叹。突兀而迅速地划破他的点滴回忆,在脑海中形成一个模糊却无法取代的符号,如同图腾,又像是等待。疾病,牵肠挂肚,日夜纠缠。

他有些怀念娘敦厚的手掌,纳起厚鞋底儿来如同织梭。他看见娘坐在爬满绿色藤蔓的窗格下,低着头,针线穿梭,偶尔熟练地将针在头皮上划几下,又迅速用力扎进厚实的鞋底儿里。他站在那一动不动,看出了神。那茂密的爬藤带着阳光轻柔的温度摄入他的心魄之中。他想走进屋里抱抱娘,却终究被乡下男人那微不足道的尊严阻挡了。他想村里经过的人从院外往里窥视的时候看到他拥着娘一定投入纷杂而撩拨的情绪。带着绒毛一样的刺。如今娘不在了,他下定决心去抱一抱的时候,娘已经不在了,让他活活儿气死了。疏离光影里,那些妖娆雀跃的舞步始终令他眼花缭乱,是娘剧烈的咳嗽打破了幻像。

锁儿他娘咋在别人家给别人的孩儿当娘了呢?她咋不要锁儿和自己了呢?锁儿又去哪了?锁儿不见了,或者跟孩子们一起去池塘边赶鸭子打水仗了吧。可锁儿还没学会游泳啊!他依旧对着那扇窗,蓝底儿细碎白花的棉布窗帘后面常常若隐若现着一个丰韵女子的身形,那是他的妻。那女人每天总是早早地就起来了,坐在炕沿儿上。痴痴傻傻地在房里反复游走如同游魂,像他般孤寂而迷惘。可那身体啊,还美好健康得很咧。

有村民自老远处就扯着嗓子急急地唤着锁儿他爹,他下意识地开始紧张,奔出屋去。锁儿躺在村民怀里已经断气了。孩子们七嘴八舌地说锁儿一定要去深水的地方结果淹死了。他抱过还热乎的尸体,慢慢抚摸那暗哑的皮肤。轻弹着流逝的生命律动。

他把烟杆在台阶上磕一磕,磕出一些过往的烟油,黑乎乎油腻腻的一撮,像夜晚短暂而虚假的充盈。颤抖着手从裤兜里掏出一个有些生锈的小盒子,打开,将一小撮烟叶塞进烟锅,鼻腔里升腾出浓烈的烟草味道,一种熟悉而温暖的感觉遁地而来,轻松而浓烈地呛，让他感觉奢侈的无力。强迫让眼睛背离心灵，却无论如何都无法从张死灰一样的脸上挤出一点讨好似的笑容，那些不断上升的青灰色烟，与往常无数次被他呼出的烟雾一样，纠缠缭绕在他苍老干裂的手指之间，牵引出他心里不着边际的孤独。

他拿起身旁的苘麻，一边搓着结实的麻绳一边回想发生的过往。午后的天，很清静。那心，却不安宁，像走马灯，转不停。那些影像他不确定是否真正存在过。隔壁狗子家的媳妇，一个女人或者很多个女人。锁儿他娘的新男人和那些焦躁不安亦或怅然若失的情绪。锁儿死去之前哭着跟他要娘，可他思念的那白白的女人屁股却不是锁儿他娘的。

跌跌撞撞的记忆。

他拖着一根搓好了的细长麻绳走进屋里，踩着板凳把绳子搭在房梁上，打个死结，环顾一下这个他住了一辈子的老屋。那些曾经孤绝的愤怒的温暖的亢奋的一切，都将随着他的离去而被岁月渐渐磨蚀。时光静止，再没有什么是值得被记起的。可此刻，他的十指变得孱弱，握不紧结实的拳。不需要洗净身体了吧。不需要换件干净衣服了吧。不需要留下一些话给家人了吧。所有的一切并非真实又绝对真实。他叹口气,踢开板凳,匆忙结束了这生命里的一切。

【终】
一个村民发现了脸已经变成酱紫色的他。叫了几个精壮的汉子来,解开绳子,推推搡搡地抬了出去。

老屋的房梁上搭着一根孤零零的麻绳,被风一吹,炫耀般地轻轻摆动着。太阳快落下去了,洒进屋里一些金色的光,给那麻绳也镀上了一层金色。

一觉醒来天色阴沉。虽未经历蛮荒的时代,也未曾真正地感到悲伤,都是暂时的,都是模糊的。昨天的味道已经散去,悄悄蒙上一层灰尘。看不出挣扎的痕迹,都是暧昧的,都是陌生的。野花开在山坡开在路边,挂着水滴蓝白相间。 旅途漫长而泥泞,都是潮湿的,都是寂静的。漫天的雪片洒满冬天,短暂浸没着干燥的土地。发情的孔雀开屏起舞,都是鲜艳的,都是梦幻的。

一个穿红色衣裤扎马尾辫的女孩摇摇晃晃地走进老屋,仰着头四处望，最后把倒在地上的板凳扶正，踩上去，用力拉下那根还在飘荡的麻绳。拖拖拉拉走到院子里，在双手上挽几圈，死死握住，绳索飞转。年轻的身体轻盈跳跃，带着火红的希望。

他坐在门口的台阶上了，有几秒钟的时间一动不动。很多个清晨他都这样。脑子混沌而空洞。他总是需要多几秒钟去仔细辨认这座破落院子里的物品和身后那间老房子潮湿阴郁的气息。偶尔有闪亮花白的影子闪烁，晃动着金色的头发将他逗弄，随即破碎。他用那双枯萎干裂的老手揉揉眼睛，想再看仔细些，却除了一堆堆浸泡在水里的苘麻，再无其他。此时他的身旁也放了一堆苘麻，这是搓麻绳最好的材料，柔韧又结实。他抓起一把，正要揉搓，却隐约中听到耳边传来一声轻幽的长叹。突兀而迅速地划破他的点滴回忆，在脑海中形成一个模糊却无法取代的符号，如同图腾，又像是等待。疾病，牵肠挂肚，日夜纠缠。

异装

【初】

这个家有一个大房间是专门用来放衣服的。各类服装依据性别品牌季节的不同被细致地划分并整齐地放在特定的位置。房间里充斥着洗衣液和卫生球混杂在一起的淡淡香味，干燥且温暖。那些被精致打理过的衣服以女装居多，无特定风格，或清纯，或性感，或干净，或凌乱，或正统，或休闲。多数都还带着崭新的价签被主人家冷落在一边。靠墙边的地板上，摆放着一红一蓝两双棉布拖鞋。偶尔有些混乱，也会马上被细心的主人重新摆放妥当。镜头穿过这个房间在屋里继续巡视主人的痕迹，最终停留在一扇白色虚掩的门前。透过门缝向内看去，一个穿碎花裙子的女子站在镜子前，面目不太明朗，只有脚上踏着的那双红色细高跟皮鞋在这样黑色的夜里显得格外妖冶而神秘。

标识一。关键词：暖色。春意。棉布。舒适。马尾。搭配布鞋或运动鞋。适合场景：户外和不容易引发精神紧张的休闲性工作。适合心情：轻松愉快。情绪低落。适合活动。踏青。采摘。写作。情节设置：房间里，间或溅进些阳光。面对空洞的电脑，手指有些疼痛。一个人，时常轻微眯起双眼。苍白的有些干裂的嘴唇上印着一排深深的牙印。手腕上那条深蓝松石手镯，带着深厚的寂寞缠绕着。不曾离开。长时间地写一些似是而非的文字。写作，有时候是一场场不择手段的谋杀。在暗无天日的悲伤里，独自惊慌失措地奔跑。很多时候，思维和感情纠缠然后分崩离析，永远对立。夜，无止境地沉沦。

标识二。关键词：冷艳。性感。沉沦。紧身。发髻。搭配与服装颜色反差较大的细高跟皮鞋。适合场景：酒吧和任何让人放纵且流连忘返的场所。适合心情：冷漠。适合活动。猎艳。情节设置，冰冷的酒精抚摸蠕动的胃，膨胀蔓延随着血液在全身流淌。身体慢慢下坠思维却渐渐活跃起来。目光涣散而迷离。这些临时被寂寞拉在一起的人彼此赞叹妖娆。将温存暧昧的气味从一个人身上传到下一个。身体极轻，随时可以脱离灵魂独立漂移。

标识三。关键词：皮草。长靴。金属链珠粒挎包。卷发。红酒。适合场景。宴会。适合心情：高亢或心如止水。适合活动：一切表面光线亮丽的社交活动。情节设置：床上遍布各类衣物包括胸罩和内裤。最后，用白色蕾丝花边性感内衣裤束缚住原始的躯体。套上厚重的皮草大衣。长发简单地打个髻，再插上一束张扬的花朵。安静躲在巨大婚宴草坪的角落。再强烈的光芒也无法逃过花开的短暂。那些呼啸而过的天花乱坠终究抵挡不住偃旗息鼓的卑微。所有如婚礼般烦琐浮华的装点，最后也只能是衰老且变得异常苍白无力，一如张扬着爆裂渐渐死去的青春。暴殄天物的时光。一个男人举着酒杯朝着她的方向走来。仓皇离开,带着决绝的姿态义无反顾。

标识四。关键词:蕾丝。黑色。网眼。低胸。乱发。赤脚或鞋带缠绕脚踝的黑色皮质亚光高跟凉鞋。适合场景:昏暗灯光的卧室或夜总会。适合心情。发泄。亢奋。适合活动:舞动。抚摸。情节设置:落寞消沉的酒吧路,散发着妓女身上廉价香水的怪味,尖锐地刺穿来来往往路人的鼻腔。小酒吧的服务生歹毒而逼真地把客人生拉硬拽进去。背离这条路残留的诗意。她深深地低下头,消瘦的身体,尖锐的下巴,细长苍白暴露着蓝色血管的手指,黑色长裙领口拉到很低,露出干涩贫瘠的胸部,带着特立独行不可一世的歹毒。站在人群的边缘,与整个世界离散,谈过几场可有可无的恋爱,残暴地祸害着已经拥有的和永远无法得到的。最终背离所有感情,独自面对。

标识五。关键词:破旧仔裤。衬衫。栀子花香水。双肩挎包。流海。搭配运动鞋布鞋或人字拖。适合场景:在路上。适合心情。破碎颓败永不停歇。适合活动:一场场半途而废的游戏。情节设置:长途车的窗外是一大片泛着蓝色的纯洁却充满了橙色谎言的天空,好像繁花似锦的烟花轻而易举地掩盖了空气里所有的凉薄。

清晨,背着人大的深色旅行包从成都出发,坐半天的巴士到目的地,只是暂时停留而已。九月的天灿烂得让人忌妒,一切都与明媚有着千丝万缕的纠葛。云朵复杂地交织缠绕,被阳光笼罩上大段的金色,妖娆的蔓延。大块蓝白相间的隔断似的天空。将脸颊贴在车窗上,一阵清凉穿透耳骨直送进脑子里。闭上眼睛,那些无法愈合的伤口至今颤抖着疼。将头深深埋进双臂,大口呼吸。糜烂的心撕裂般的空洞。无关矫揉。

标识六。关键词:赤裸。适合场景:床上。适合活动:肉搏式的床上运动。情节设置:一只颤抖的性感的嘴唇触碰胸部。带来一个画面,渴望已久的画面。头发潮湿。鼻腔里的喘息渐渐急促。温热的吻带着律动的节奏在身体上游移不定,并以猝不及防的速度进入彼此中。情欲从头顶压下来,直抵颤抖的心脏。有坚定的呻吟。身体被汗水和体液包裹,催生出高亢的欲望之光,在冲顶的快感中尾随最后一班地铁毫无悬念地驶入终结。

【终】
他站在镜子前面,将妻子的衣服穿上又脱去,假想着很多情节。夜很深了,睡意却很浅。他将房间里的灯开得通明,如同白昼。

长久以来妻子一直抱怨卧室的灯太过明亮,让人毫无睡意。他好脾气地揶揄着,用重金购买很多让人艳羡的衣服送给妻子做礼物,穿不完就整理好挂进衣柜。那些崭新的从未接触过女主人肌肤的衣服毫无灵魂地躺在精致的房间里,偶尔被取出,穿上又脱下。

这个有严重异装癖的男子眉眼清秀,装扮起来像极了女子。镜中那张脸,夜晚的时候会显出一些苍白,稍纵即逝。他想出去走走,但或者应该找一块丝巾遮挡住他的喉结,无需言语,只是微笑。

这个家有一个大房间是专门用来放衣服的。各类服装依据性别品牌季节的不同被细致地划分并整齐地放在特定的位置。房间里充斥着洗衣液和卫生球混杂在一起的淡淡香味,干燥且温暖。那些被精致打理过的衣服以女装居多,无特定风格,或清纯,或性感,或干净,或凌乱,或正统,或休闲。多数都还带着崭新的价签被主人家冷落在一边。靠墙边的地板上,摆放着一红一蓝两双棉布拖鞋。偶尔有些混乱,也会马上被细心的主人重新摆放妥当。镜头穿过这个房间在屋里继续巡视主人的痕迹,最终停留在一扇白色虚掩的门前。透过门缝向内看去,一个穿碎花裙子的女子站在镜子前,面目不太明朗,只有脚上踏着的那双红色细高跟皮鞋在这样黑色的夜里显得格外妖冶而神秘。

单本悲剧

【初】

房间里，没有光线，没有温度，没有空气，丧失人生存的所有条件。他呆坐在地板上。旁边躺着个女人，死了，胸口插着一把刀。眼角渗出的血已经干涸，颜色变得暗红，眼睛却还瞪得很大，像是竭尽全力要完成人生的最后一次挣扎。已经僵硬的肉体上有大片大片紫色的淤青，无人知晓是生前被人伤害所致还是由于尸体搁置太久开始腐败。这具尸体最早是他发现的。那天他来到这个女人家，敲门无人应就从窗户翻进房间内。起初看到尸体时他两腿有些软，踉跄着后退了几步。之后拼命扑过去，流着泪张狂亲吻。那年他十二岁，那个死了的女人是他妈。

有飞碟似的东西自头顶飞过，在他还好奇张望找寻的时候，不远处的墙上已经发出了刺耳的撞击声。玻璃碎片划破他的脸，母亲尖锐的哭嚎随之传来。他晃晃悠悠地走过去握住那只没有任何温度的冰冷的手，轻轻摇动。女人抱住五岁的儿子，死死地不放。他有些窒息，扭动挣脱，终于哇地哭出来。房子在一瞬间变成万劫不复的地狱，女人的撕扯，小孩的啼哭，男人的狂暴，七零八落残损的物品。

母亲和父亲离婚时他像往常一样握着那只干枯而让人寒冷的手却

被重重地推开。他看看穿着紧身长裙踏着高跟鞋迅速离去的母亲,又看看怒不可遏的父亲,不自觉地抬起胳膊,挥挥手,一颗心被埋葬。窗外有明亮的阳光,蒲公英和布谷鸟带着纯真的放荡跌落在天堂。

新妈搬来之后他总能在深夜被噩梦惊醒时听到女人的尖叫,可那叫声与母亲的不同,那是幸福的欢愉的畅快淋漓的。他赤裸着身体推开父母的房门,那个陌生的女子全身裸露骑在父亲身上,上身缠绕着海藻似的头发,潮湿且闪着黑色的光。他后来说那女人是一个暗夜里的妖精,用漂亮的乳房活埋了他可怜的父亲也摧毁了他的生活。他因此而丢失了所有属于小孩子的权利,妥协吧。在高潮中尽情欢娱,他开始哭泣。

他隔三差五跌跌撞撞地去找妈。他妈是眉眼精细的漂亮女人,有很多情人。离开家后开了个小服装店,白天生意红火,晚上生意也红火。有男人来找她赶上他在的时候,妈就把他塞进那个巨大的乳白色衣柜并让他不要出来。衣柜有细微的缝,他看到母亲美丽的乳房被男人含在嘴里,母亲的身体被一遍遍亲吻,母亲的屁股被抬得高高的再塞进一个硬硬的棒棒。于是十二岁那年,他的内裤上第一次留下一些黏稠的白色的液体,是意淫他母亲的时候留下的。后来当他发现母亲的尸体时曾用手使劲揉搓母亲的乳房,可那已经僵硬并不再有弹性,他因此在以后的很多年里生殖器一直无法再硬起来。

妈死后,他开始把大片大片的红色涂在画布上。偶尔有一些扭曲的人形也都滴着黑色的眼泪。暗红的天空,血红的海洋,殷红的草木,一切都是红的,只有心是黑的。他做了个梦,梦见一场华丽而盛大的舞会却没有人邀请他参加。因为大家都说他有一双火红的眼睛,喷射出的光会让人精神分裂。可如果他是年轻的貌美的纯真的他们也会邀请他,但是他都不是。他留着苍老的眼泪捋着花白的胡子,他不会玩孩子们的游戏说话还结巴,所以他气愤地离去,走的时候捡起地上的石子向人群奋力砸去。

他在生殖器再次硬起来的时候强奸了他的新妈,因为他考上了一所与美术有关的学校,新妈却拒绝为他支付一分钱的学费。可当他把硬硬的棍棍塞进新妈屁股里时并没有听到他小时候听到的那种潮浪而性感的叫声,于是他想也许父亲也是被骗了的,就好像瞎子为聋子唱了首歌,聋子说很好听。

【终】

一整个夏天过去了，他身上一直向外涌出脓似的白色液体。医生说他得了湿毒但他没钱治，赤裸着身体在房间里转悠。新妈躲躲闪闪，从此不再发出欢愉的叫声。秋凉的时候，病渐渐好了，心却依旧残破。他想起那个被他玩弄的十二岁的女孩，曾热烈而执著哭喊着让他赔她的贞操。他嘴角上扬轻蔑地说着还在还在，只是被他藏在了无人找到的地方。等她长出茂密黑森林的那天就还给她。后来，她不哭不闹了。后来，她信以为真了。

他抛弃十二岁的姑娘去了北京，办了个假身份证，找了份工作，娶了个比自己大十岁的女人，生了个儿子。他闭上眼睛，想着自己太早被撕碎的青春，想着这些年来他伪装成一个年轻人一样地活着，却没有一个年轻人跟他走在一起。他想那些年轻的人们都紧张得不行，聚在一起玩一个叫幻想的东西。可这东西在他眼里不值一文，被他践踏着，撕扯着，挤压着，溃不成军。为了口干粮就足以让他丢下最初所有的梦想，于是他欢快地走了，却遗失了青春的模样。最后砰地一声清脆的枪响，他死在了刑场上。他死的时候，还很年轻。

房间里，没有光线，没有温度，没有空气，丧失人生存的所有条件。他呆坐在地板上。旁边躺着个女人，死了，胸口插着一把刀。眼角渗出的血已经干涸，颜色变得暗红，眼睛却还瞪得很大，像是竭尽全力要完成人生的最后一次挣扎。已经僵硬的肉体上有大片大片紫色的淤青，无人知晓是生前被人伤害所致还是由于尸体搁置太久开始腐败。这具尸体最早是他发现的。那天他来到这个女人家，敲门无人应就从窗户翻进房间内。起初看到尸体时他两腿有些软，踉跄着后退了几步。之后拼命扑过去，流着泪张狂亲吻。那年他十二岁，那个死了的女人是他妈。

关于我

上海故事

【初】

那个叫上海故事的小服装店在淮海路上每隔几百米就有一个,门面多了也就形成了品牌。性感裸露镂空网眼外加复杂流苏的服装包裹在坚挺的硬塑料模特身上,毫无温度,是适合缺少灵魂的上海女子的。这座城市,熙熙攘攘的人来人往,却隐晦得忽而教人心疼。我幻想即将腐烂的气味。这是个蜂忙的季节。荷尔蒙的机遇在各个角落悄悄上演。亢奋地破裂,涌动,残缺。

那男人握住我手的掌心里微微渗出一些汗,潮湿的,温暖的,我抬头望。淡定的脸上挂着一些沧桑。偶然涌出的间歇性悲伤让我想要拥抱他,却终究化做一个似是而非的傻笑消失在拥挤的空气中。这笑太不迷人,既不妩媚也不艳丽,带着孩子式的傻气被快速地风干。夜不完美。我嗅到梦魇的芬芳,梦魇里那张模糊不明的脸,龇牙咧嘴的表情刺痛我的子宫。人群之中,长得像婴儿一样的姑娘,矫揉造作。给根烟。我没有烟有火。火也好。没烟要火干吗。你没烟就有火。

那些时间,闭上眼就能看到大片大片白色的山菊。在灿烂的阳光下萎靡地绽放,无比贪婪的纵情。可这夜晚啊,太不完美。我是沉醉的,他是清醒的。我是炽热的,他是冷静的。我是软弱的,他是坚硬的。我是绝望的,他是沉默的。我是腐烂的,他是不朽的。无限膨胀的情欲被凌乱的吻点燃又被专注的拥抱熄灭。起伏之间,成就了破碎的心。我深深闭上双眼,深深呼吸。如果这是一场出生入死的宠溺,我愿意做你的妓女。

深夜,他在我蜷缩在他温暖的怀里一动不动的时刻悄然离开,动作小心而轻微。我睁开眼睛,却看到无穷无尽的黑暗。伸出双手,却抓住大片大片的空白。我知道他的每个动作。不曾入睡。枕边跌落大段枯萎的荒芜。乐此不疲。

他说我终将离去,留下未知的空白。我恍惚默然。这只是宿命的安排。目光黯淡落在寂寥的桌角。拥住我。吻住我。牵住我。只是无法留住我。

【终】
这是场终究要落幕的剧。我拎着行李坚定地通过机场安检的时候,强行制止了想要回头的欲望。这个男人和我之间相隔遥远,无论怎样靠近终究还是无法抵达。即使心存爱恋,也阻挡不住迅速到来的曲终人散。长久的历练只培养了坚硬的器官,稻草填充的心经不起燃烧。在最后的最后。我们转身离开。在最后的最后,我们后会无期。像喋血的车厘子,在这个初夏庸扰的城市里腐烂。如同一道深刻而浓重的伤痕。热烈而狂躁地灼伤着幼稚的皮肤,脆弱并散发着阵阵甘甜。

眩晕地透过机身玻璃看高空的世界。云层断裂,透着层层猩红,视线被无限延长。那无尽的苍穹啊,伪装出虚情假意的温柔让人忍不住想要和它一起天荒地老。在一个新的闪光的世界里,让那些被遗忘被抛弃被忽略被伤害的种种以快乐飞舞的面目重新相遇。这是最初的愿望,无所谓真假。

那个叫上海故事的小服装店在淮海路上每隔几百米就有一个,门面多了也就形成了品牌。性感裸露镂空网眼外加复杂流苏的服装包裹在坚挺的硬塑料模特身上,毫无温度,是适合缺少灵魂的上海女子的。这座城市,熙熙攘攘的人来人往,却隐晦得忽而教人心疼。我幻想即将腐烂的气味。这是个蜂忙的季节。荷尔蒙的机遇在各个角落悄悄上演。亢奋地破裂,涌动,残缺。

落跑新娘

【初】

逃，出逃，逃开那肮脏的血和虚假的镜片。那如花般笑靥一如既往地脆薄，在指间，交缠而决裂。我随便穿上一件宽大的衬衫，蹬上那条全是洞的肮脏仔裤。我再也不能忍受把自己装成一个已婚贵妇的模样。我开始奔跑。我的胸部由于没有内衣的约束而上下蹿跳，像不安的小兔。我长到屁股的头发开始打结，一下一下敲打着我的背。我一直奔跑。

我坐在一些凌乱的垫子上，裸露着胸膛对着面前的镜子。这姿势让我忍不住想起那个传说中因恋人的不忠而投河自尽的日耳曼女子，或者深海里的那条小美人鱼。哦，这些似乎都跟我没什么太大关系。不曾有人背叛过我。幻想使我容光焕发。

我上上下下地打量着镜子里的容颜和躯体，直挺的胸部让我显得还不那么苍老，至少容颜和躯体还证明着我的青春。她们透着某种傲慢和轻蔑的紫色，这让我想起寺庙里的活佛。是在准备第二天一早就被奉献出去接受那些愚昧人们匍匐在地的朝拜吗？

我又幻想我是个被俘的公主，与劫持我的坏小子进行着一场违背天道的婚礼。我慢慢站起身来，对着镜子练习微笑。我将要成为一个新娘，我至少要先学会对来宾送上貌似幸福的笑容。可无论我怎样努力，镜子里我的脸都狰狞恐怖。由于某种紧张的愤怒，面部肌肉开始微微地颤抖。我掉头奔跑，白色高跟鞋遗失。

重来。我命令自己。这只是一场自导自演的戏，没有舞台也没有观众，我的角色是扮演我自己。如此单一到空洞，怎能潦草失败。

我慢慢站起身来，对着镜子练习身段。我将要成为一个新娘。如果我学不会对着大家微笑，至少要为我的不礼貌涂上一层娇羞的好颜色。我微微欠下身去，以锻炼一个新娘该有的娇羞和妩媚，我的腰部在那个时候开始僵硬。那是一种又短又硬的缠腰布死死地裹在腰上的感觉。那感觉危险。没有任何保护的胸部。使人猜想着我可能是什么低贱的身份。

我再次失落下去，没有什么比扮演自己都演砸了更让人伤心的了。

再重来。我鼓励自己。我坐在一些凌乱的垫子上，裸露着胸膛对着面前的镜子发呆，两次的失败让我很难再把头抬起来面对自己。

我慢慢站起身来，对着镜子让自己保持冷静，我将要成为一个新娘,如果我什么都做不到,至少要保持镇静,让婚礼顺利地进行下去,直到我一身疲惫地回到房间随意踢掉脚上那双不合适的高跟鞋一摊烂泥一样倒在床上为止。可是我那从小就没有发达起来的小脑啊,使得我无论如何都站不稳。我裸露的身体开始摇摇欲坠,倦怠的目光开始恍惚游离。

【终】
我跌倒在那些凌乱的垫子上,缓慢地爬向不远处放电视机遥控器的地方。我躺在地板上,打开电视。北京地区天气预报,今天夜间晴间多云,局部地区没有雨,降水概率为二三百元一次,最高气温摄氏56度。

明亮的玻璃窗上蒙着一层厚重的雾,聚集而凝重。一些深深的黑色遮挡住眼睛,我有些眩晕,身体渐渐萎缩成一团,被四周暗涌而来的热气紧紧包围,大口喘息。纠缠着固执而不朽的信仰,埋葬在大片淋漓尽致的繁华当中。

我不是皇宫里的伊丽莎白,只是四处流浪的爱丽丝。我带着我的兔子扑朔闪躲,却终究还是迷失在一片苍翠之中。我拉住兔子奔跑在找寻出口的路上。兔子辗转迂回，倏地消失不见。我的上帝和一切挚爱的亲爱的可爱的人，我究竟在哪里？

逃，出逃，逃开那肮脏的血和虚假的镜片。那如花般笑靥一如既往地脆薄，在指间，交缠而决裂。我随便穿上一件宽大的衬衫，蹬上那条全是洞的肮脏仔裤。我再也不能忍受把自己装成一个已婚贵妇的模样。我开始奔跑。我的胸部由于没有内衣的约束而上下蹿跳，像不安的小兔。我长到屁股的头发开始打结，一下一下敲打着我的背。我一直奔跑。

薄荷

【初】

我一直记得薄荷来找我的那天戴着让人惊心动魄的深蓝色假发。大大的墨镜几乎将她那张精致小巧的脸全部遮住。但我还是能看出那是一张非常美丽的脸。后来薄荷摘了墨镜。她化很浓的妆，各色粉末搽得满脸都是，像夜的妖精。黯淡注视，颓败微笑。薄荷很瘦。黑色闪着亮片的吊带装和宽大的长裙映得她皮肤有些苍白。她有种病态的美我想。

薄荷敲开我家的门，这出乎我的意料。我想同性恋的薄荷站在我面前我觉得她迷人死了。我说薄荷你是怎么找到我的。我跟格子没什么关系，只是朋友而已。薄荷说她找我跟格子无关，她甚至不知道我认识格子，只是太多人说过我美貌引发了她的好奇。我招待薄荷坐在我床边的地毯上，我不允许任何人接触我的床，我总有怪异的洁癖。

薄荷说我很美，美得很朦胧。一直以来她都以为漂亮女人的美是细节的，可我不一样。我美得让她说不出美在哪里。

我说薄荷你来找我只是要欣赏我的美么。薄荷点点头并像男人一样把我搂进怀里，这个意乱情迷的动作让我立即陷入到一种眩晕当中。我忽然分不清薄荷究竟是女人还是男人。一股隐讳的若有若无的香味从鼻孔一直流进去。我盯着她一张一合的唇。她的嘴唇非常软,说话的时候带来很多幻想。我说薄荷,你是魔鬼。你的天花乱坠让人万劫不复。你怎么能同时爱着女人又爱男人。那你的身体呢。她是属于谁的。薄荷捧起我的脸轻轻抚摸我的嘴然后吻下去,一股温热的液体顺着我的腿向下流。

她开始顺着我颤抖的腿舔食那些从我身体里流出的黏稠液体。我想我要跟我哥们的女人做爱了,可这是个多令人兴奋的时刻。薄荷她做女人的男人比做男人的女人更性感。她脱了我的衣服也脱了自己的衣服。她太瘦,皮肤惨白。我把一只颤抖的手放在那不大但很有弹性的乳房上,另一只不自觉地伸向了她的双腿之间。她是我第一个触摸的除了我自己之外的其他女人的身体,那个身体剧烈地颤抖,像我一样颤抖。我把她拉到床上。她的嗓子里发出浓厚的小野猫一样的低吼,像在呻吟,又超乎呻吟之外。

【终】

我光着身体躺在薄荷怀里,枕着她的乳房。我说薄荷你的身体比任何男人的都温暖,我是多么爱它。薄荷紧搂着我,点燃一根烟并不说话。从未有过的陌生迅速蔓延滋生。她仿佛不是刚刚亲吻过我身体的女子,只是一棵坚硬而冰冷的树。心底泛起一些索然的颓败,没有人可以在透支了激情后不需要偿还。那些淋漓的大段的腐朽的低糜,摆出顽固的姿态大言不惭地扬言着永垂不朽。

黯淡地闭上眼睛。此时这座城市某个光鲜明媚的地方,是否有别的女子在痴痴等待。固执地伸出温柔的手把自己拉到自以为幸福的起跑线上。惊天动地的呼唤从不存在的地老天荒。窗外的天忽然变得惨淡不堪。天的一角嘈杂地泛着些恶劣且斑斓的颜色。浓重而顿挫。瞬间眩晕人的眼。于是悲伤的人们啊,涂上一层快乐的颜色。无辜地将寂寞强调成早已不在的幸福,掉转头,却又被狠狠遗弃。于是悲哀地发现,独自一人的生活总是单调无力且不堪一击,简单地快乐却不知以什么姿势去索取。

后来薄荷穿上衣服走了。薄荷走的时候我还瘫在床上不想起来,薄荷只是低低地说了一声我走了,就在我家消失,同她出现时一样出人意料。不知所措地曲张。墙上的影子斑驳修长且空洞。我闭上眼睛，有些恍恍朦胧地走进梦里，看到薄荷远远走过来。一只手牵住我，另一只手指向天边大朵大朵反复的云彩说。看，多么美丽的凝聚。我抬起头，眯着眼睛，却看到大片大片的万劫不复。薄荷忽然消失不见。我仓皇寻找，连四分五裂的痕迹都寻不见。

屋子里放着一些爱，一些伤口，零零散散地离散又交织在一起，不分彼此。

后来我再也没见过薄荷，也再没有女人亲吻我的身体，我本能地抗拒。

我一直记得薄荷来找我的那天戴着让人惊心动魄的深蓝色假发。大大的墨镜几乎将她那张精致小巧的脸全部遮住。但我还是能看出那是一张非常美丽的脸。后来薄荷摘了墨镜。她化很浓的妆，各色粉末搽得满脸都是，像夜的妖精。黯淡注视，颓败微笑。薄荷很瘦。黑色闪着亮片的吊带装和宽大的长裙映得她皮肤有些苍白。她有种病态的美我想。

折现浪漫

【初】

我使劲用手指揉着眼睛,有硬物划过皮肤的痛,一只闪着光的铂金戒指不知何时被他套在了手上。桌上放着一张写有戒指盒在玩具青蛙嘴里的留言字条。我寻宝似的在房间的角落里找到那只孤零零的青蛙,拉开拉链,一只精巧的红色盒子被完美地隐藏。这是个奇特的过程,像梦游仙境的爱丽丝带着无数梦幻与憧憬。可只是一会功夫,幻觉消失,我怅然坐在地上,有些凌乱,想起他说过的关于浪漫的事,痴痴流泪。这个八月,我把过往的日历翻得哗啦啦地响,日历上华美而盛大的数字掩饰着那些曾经撕裂的斑驳。

比我小很多的男子站在我面前的时候我忍不住叹了口气。白皙皮肤,清澈眼神,安静且柔和的表情,青春总是美好,而我的却过早衰老死亡。他微笑,带着清晨的香气。我微笑,挂着千疮百孔。他说我们应该恋爱,然后结婚,永远在一起。我说这是该天杀的,不要说永远,只有永远这句承诺是永远无法抵达的。你还是孩子而我已经老了丑了坏了腐朽了。爱情是什么我从不了解。小时候我憧憬爱情。长大一些我找寻爱情。而现在,我厌倦了爱情。可我依旧不知道爱情究竟是什么。我落荒而逃,怀揣着一颗疲惫麻木而惺惺作态的心。

他微笑着说我不懂浪漫。我呼啸着不顾一切地诋毁他对浪漫的诠释。什么是浪漫,浪漫就是浪费,折现吧折现吧不要跟我说这么让人不安的事情。有时间浪漫还不如在家里蒙头大睡。我们不是一个时代的人,你想要浪漫而我只对钱感兴趣。

折现折现,他忍耐而谦让地附和。

我闭上眼睛,带着撕裂的痛。请不要相信我这样的女子。放声大笑坚强世故都是装的,装出来为了掩饰苍白的。那些活生生刻在皮肉上的伤啊,怎能遗弃怎能遗弃怎能遗弃。心鲜血淋漓地匍匐在地上爬行的时候浪漫在哪里。身体残破奄奄一息的快要死亡的时候浪漫在哪里。一边带着连绵不绝的伤害和背叛一边说爱我的时候浪漫在哪里。而年轻的我怎能带着千娇百媚的好颜色招摇过市大言不惭地扬言抵死不要缠绵。怎能不择手段也要幸福。后来,我换上歹毒的微笑,漫不经心地活着抵挡一切伤害。

【终】
我穿着色彩斑斓的手工麻布长裙,大朵大朵妖娆的花印在身上绽放出赤裸的欲望,细长的高跟鞋踏在地板上发出清脆的声响。他伸出漂亮的手，乖巧地让我牵引。我露出早已准备好的蛊惑的笑，带着他一起下坠。他从身后轻轻将我揽入怀中，浓郁的大卫杜夫香水轻舔我的鼻尖。柔软细滑的舌头伸入我的口中，有甜甜的味道，撩拨无限欲望。

忽然他把我抱起悬在半空，又重重地抛在涌动着海藻绿色的床上。那床载着我的身体一起颤抖。他轻轻捧起我干涩而枯萎的脚，解开紧密缠绕着脚踝的鞋链，将那双骄傲的高跟鞋褪去。用温暖的手慢慢抚摸。我的腐败，他的不朽，渐渐汇集成一条无形的河，声势浩大地奔腾咆哮向身体的某些部位。

他张开胳膊裹住我，深深地吻，迅速而不动声色地狠狠抵进身体。一些高亢的情绪是瞬间爆发的。身体剧烈颤抖，十指交叉，紧紧相扣。浓密的头发缠绕，发尖跳动着闪光的缠绵。低声呻吟高亢呼喊。苍白而高贵的双腿抬起，以接受的姿态与他纠缠环绕。妖艳的血液冲向脑中，在漆黑的夜里绽放成娇柔的花朵。墙壁上投射着苍白的月光，点亮房间，四处斑驳。两个赤裸着的华丽的身体动荡不安，延绵不绝释放着激动的能量，淋漓尽致，最后我们一起抵达高潮。苍白的壁画摇摇欲坠。他抱住我说这感觉温暖，不疼。我转过头去，挂上许久不曾有过的仓皇。

后来我看着他一脸的虔诚，绝望地发现那竭尽全力承诺的誓言多么华丽而盛大，足够可以与我当年的义无反顾相提并论。这个孩子还只是个孩子，依旧相信绚烂的童话似的把戏，轻巧地牵住我的手说着从此不会再迷路。回过头去看到一片繁花似锦，可在我眼里，那只是虚无的一吹即散的幻灭。即使处心积虑仍旧只换来大片颓败的残伤，无论天上人间，碧落黄泉。

我使劲用手指揉着眼睛，有硬物划过皮肤的痛，一只闪着光的铂金戒指不知何时被他套在了手上。桌上放着一张写有戒指盒在玩具青蛙嘴里的留言字条。我寻宝似的在房间的角落里找到那只孤零零的青蛙，拉开拉链，一只精巧的红色盒子被完美地隐藏。这是个奇特的过程，像梦游仙境的爱丽丝带着无数梦幻与憧憬。可只是一会功夫，幻觉消失，我怅然坐在地上，有些凌乱，想起他说过的关于浪漫的事，痴痴流泪。这个八月，我把过往的日历翻得哗啦啦地响，日历上华美而盛大的数字掩饰着那些曾经撕裂的斑驳。

狐狸嫁女儿

【初】

我想自己快要飞起来了。我飞啊飞飞上了天堂,变成了一个天使。这是一件多么迷人的事情。我的身体从此无需努力就能变得快乐柔软,像灵巧的猫。我的思维因摆脱负重而变得宽广无比,五颜六色的奇思妙想也跟着飞起来。全部的理性和逻辑,堕落,遗忘,消失。全部的痛苦和潦草,堕落,遗忘,消失。我温柔地提醒自己别把感情这种事情想得太迂回曲折。我攥紧拳头敲打几下自己的心脏,毫无痛感。我凝视手中的烟,思考着这么多年我致力于爱情电影音乐的生命究竟有多么荒唐可笑。或者这个问题只有死去的人才知道。也许英年早逝留下漂亮的身体才是对它最好的回答,但我不想再次成为这样的人。洁死了,而我活着。活得龙飞凤舞,活出浑身解数。

洁是眼睛很美的女子。她时常笑,笑得不动声色。安静成一种状态,出奇静止的状态。那些美术课上洁令人吃惊的作品一直都在我眼前晃动。紫色的太阳火红的雪山。我想洁她可真迷人她比我们任何一个人都要有智慧。她是美到无与伦比的女子,没有人会在意她是不是色盲,颜色在她的面前显得苍白无力。

一直以来我们都是同一种族的人。血管里流的是心高气傲,眼睛睁地看着大片大片的万劫不复在发狂地奔跑,却以极其拖泥带水的速度假装拯救或者视而不见。她总说神话永远不能变成生活,神话变成生活太梦幻。生活变成神话太可悲。她承诺给我一个完美世界。但在生死攸关的时候,我却只得到一个傻逼信条。死亡是万有引力的最高境界。

洁在遥远的城市里和一个很有钱的男人恋爱并住在一起。一次争吵中被暴怒的男人打了一耳光,男人用力过大,洁的脑袋撞上桌角晕了过去,醒来后眼就瞎了,洁变成瞎子男人就不要她了。于是洁住回父母家,不到一年就有人传出信儿来说她死了,最终洁还是死于那个卑微的天生的缺陷。她的生命并不像我想象得那样比色彩精彩。死亡总比活着有更多深入人心的机会。这件事情在我以后的生命里都固执地影响着我。我总是絮絮叨叨地想着。看不见颜色是一件愚蠢的事情。愚蠢到最终丧命。

【终】
秋天过去了,我家马路两旁的银杏叶变成衰败的黄色。一个不良少年急匆匆地从我身边走过,使劲地摇晃每一颗树,发黄的树叶凋落,纷纷扰扰地打在我的头上身上,像是叶的雨,满地都是尸骨的寒。

冬天来了。冬天暖得要死。冬天不见雨雪。我穿黑色低腰的大粗筒裤。风一吹，裤子就在风里胡乱地摇摆，筒裤透风，但是我不冷。如果洁还活着是否知道那个一只蜂鸟因为飞得离太阳太近被烧化了翅膀摔死在海里的故事，那么我们，是不是离太阳太近了，我们会不会死去。

我在思念洁，我幻想挽着她的手一起去看狐狸嫁女儿。置身于传说中毁灭的灾难里，这应该是属于我们两个人的苦难，而不止是她一个人。于是我频繁地梦见洁，这个女子长在了我的血液里。我再也甩不掉她，梦里，洁变成了一个樱花娃娃，每天坐在我的桌子上，一动不动。我的樱花娃娃，我爱你。我这样说的时候。我的樱花娃娃，我已经爱你爱得流离失所了，我把你放在我的桌子上，每天看着你张牙舞爪的肢体和安静的脸。这是一种反差。草编的头发，蜡黄蜡黄，清澈的眼睛里写满了悲哀。可是我不带帽子，从来都不。戴上帽子我将失去我的头发，戴上帽子你将看不见我清澈眼睛里的悲哀。为什么我爱你爱得这样天花乱坠，这样肆无忌惮。

我的樱花娃娃，让我告诉你，闭上眼睛的时候，我就想起了曾经的斑斑血迹，玷污了那些白的、黑的键。谁会相信凋谢的花曾经有过芬芳，伟大的传播音乐的神明，我只是那身边太不虔诚的传教士。没有拥抱，没有亲吻，唯恐玷污了肉体与灵魂互赠的冠冕。我是愚蠢的。

我想自己快要飞起来了。我飞啊飞飞上了天堂，变成了一个天使。这是一件多么迷人的事情。我的身体从此无需努力就能变得快乐柔软，像灵巧的猫。我的思维因摆脱负重而变得宽广无比，五颜六色的奇思妙想也跟着飞起来。全部的理性和逻辑，堕落，遗忘，消失。全部的痛苦和潦草，堕落，遗忘，消失。我温柔地提醒自己别把感情这种事情想得太迂回曲折。我攥紧拳头敲打几下自己的心脏，毫无痛感。我凝视手中的烟，思考着这么多年我致力于爱情电影音乐的生命究竟有多么荒唐可笑。或者这个问题只有死去的人才知道。也许英年早逝留下漂亮的身体才是对它最好的回答，但我不想再次成为这样的人。洁死了，而我活着。活得龙飞凤舞，活出浑身解数。

亲爱的请给我一把吉他

【初】

亲爱的请给我一把吉他,我要背着它走在街上装腔作势地说生活惨淡。亲爱的请给我一把吉他,我要用它弹那些令人忧伤的调调。亲爱的请给我一把吉他,我需要它在天桥下与不远处拉胡琴的瞎子竞争一个娇美的好颜色。亲爱的请给我一把吉他,因为它是华丽的迷人的性感的堕落的不朽的。亲爱的请给我一把吉他,断裂的琴弦会轻巧地勒紧我的喉咙。亲爱的请给我一把吉他,指尖划破血流如注我将在伤痛的快感中抵达高潮。亲爱的请给我一把吉他,我要砸烂它连同这肮脏的生活一起扔进腐朽的垃圾箱。

他背着把吉他湿淋淋地站在我家门口,被雨浸透的白色球鞋发出噗哧噗哧的声音。我盯着他,那眼眶里盛满雨水,脏兮兮的,而且浑浊。我说外面没有下雨为何你身上湿嗒嗒的,他说他的世界在下雨。荒唐的人总能找到与众不同而又华丽繁复的荒唐理由,即使天崩地裂也不会遗弃微薄的骄傲,以背离的姿态作答,忽而不见。

他拉我坐在地上塞给我一把吉他,我重重地扔在一边,琴箱发出顿挫而空洞的声响,盘旋上升停留在尴尬的空气中。我看着窗外的天空,满天都是棉花糖,大朵的云以纠缠的姿态聚集,成群结队招摇过市。他抓住我的肩膀拼命摇动,一阵眩晕,闭上眼睛,身体瑟瑟发抖,带着义无反顾的疾。

他甩开我,抱过琴专注弹唱,仿佛我并不曾在他的身边。厌恶极了那些骗人的伤感调子和歌特式的死亡,可他那由初吻所激发的爱情金属般性感的男声歹毒地抚摸我干燥的皮肤。我轻轻把手伸进他湿漉漉的衣服里触碰冰冷的身体。我的身体蠕动渴求,却等不到一丝回应。暗淡的光照在我的皮肤上,散发出令人蛊惑的神秘力量。亲爱的,到我的身边来吧。我的蜜糖,给我你的意乱情迷。我像猫般在他面前扭动身姿,起伏跳跃。

他推开我并迅速恢复到旁若无人的状态。支离破碎的情欲找不到出路。冥冥之中被欲望驱使的失败但狂热的灵魂造就着一道道幻觉。我现在是你的女人,我需要你的身体。爱情不是奇迹肉体也不是幻觉。你不能总摆出一张无辜的脸孔拒绝我的身体。我气急败坏地扑向他,用力砸坏那把吉他。

【终】
他看着地上吉他残破的尸骸愣了一下。琴箱破裂,琴弦崩断,留下满地残伤。他开口说话，性感的男声变得焦躁而干涩。真相被残忍地揭露出来，而我只是一个长得跟他爱着的人很像的女子而已。一切安静下来，信仰轻而易举被粉碎。收敛起早已遍布在空气里的骄傲与狂放，任苍白的光线将我的影子照射得越来越淡，最后消失不见。

我穿上宽大的 T 恤站在镜子前。我想他在拒绝我身体的同时是否也将我处心积虑要发展的我们之间的关系也一起拒之门外。失魂落魄地坐在地上，吉他的残骸刺痛我的身体。镜子里的我像朵干涩的塑料花，旧的模子，新的颜色，一遍遍地它被涂上靓丽的色彩。它看上去新到可以再到市场上去兜售了，可我啊，其实只是只用尽全力撞向玻璃窗，撞碎了脸，然后腐烂的小飞虫。失忆的梦。愚昧的脸。甜蜜的嘴。失了味觉的舌。蠕动的胃。恐怖的直肠。

他走后耳边充斥着小提琴嘶哑的声音，断断续续断断续续。我冷冰冰地躺在床上听，猜测着隔壁拉琴的究竟是个女孩还是男孩。我把她假想成一个姑娘，一个姑娘，那么就说那个姑娘的琴发出的声音，像她的呻吟，越来越像，越来越像，已经变成她的呻吟了，咿咿呀呀，酥酥麻麻。

亲爱的请给我一把吉他，我要背着它走在街上装腔作势地说生活惨淡。亲爱的请给我一把吉他，我要用它弹那些令人忧伤的调调。亲爱的请给我一把吉他，我需要它在天桥下与不远处拉胡琴的瞎子竞争一个娇美的好颜色。亲爱的请给我一把吉他，因为它是华丽的迷人的性感的堕落的不朽的。亲爱的请给我一把吉他，断裂的琴弦会轻巧地勒紧我的喉咙。亲爱的请给我一把吉他，指尖划破血流如注我将在伤痛的快感中抵达高潮。亲爱的请给我一把吉他，我要砸烂它连同这肮脏的生活一起扔进腐朽的垃圾箱。

一夜

【初】

我站在充满氨水味的病房里。面前的病床上躺着一个人,已经死了,车祸,被苍白的被单盖着,看不见脸。我伸出手,隔着被单摸索,棱角还算明朗,可皮肉已不再有弹性,还有汁液隔着被单涌出,染红我干枯的手。这是个早已对死亡司空见惯的房间,除了我。所有的一切包括空气在内都带着习以为常无动于衷安静沉沦的气质,浸染着我,却终究无法将我深深埋葬。我想他为什么会死去,英年早逝留下漂亮的尸体。因为我吗?可我们只是一起睡睡觉的朋友而已,又或者这只是一起意外发生的车祸,而几个小时前电话里的那些噪音也许只不过是他发给我的求救信号罢了。我怎能强迫自己与他的死扯上密不可分的联系。年轻的身体和死亡的腐烂,终究都会毫无例外地变成时间的消耗品,漫长用来消耗。

外面的雨哭一样地下,无休无止,带着扰人的情愫。这样的雨夜酒吧里是没有太多人的。我坐在空旷的吧台前,看瓶瓶罐罐在酒保的手中飞速旋转,开出盛大而繁复的花,或许他们也是落寞的吧,在寂静无人的夜里与冰冷的玻璃相互抚慰。不远处的另一个人像我一样面无表情地盯着那些蓝的绿的瓶子,偶尔回头对视,彼此投射会心且疲惫的笑容。我想此时还坐在这里的人。不为身体，只是寂寞，或者太过灿烂，可生命中所有的灿烂终究需要寂寞来偿还。

他走到我身边坐下，询问是否有烟，轻描淡写。我没烟有火。没烟要火干吗。顿挫地笑，掩饰不住的失落。生活本身就是一场杂乱无章的舞台剧，而我们，也只是那硕大舞台上最不起眼的小丑。要么饰演一文不值，要么假装价值连城。酒杯碰撞的声音清脆且空洞。无须言语却已说了千言万语。我的破碎，他的沮丧。他说我们是一国的人，我说我们相隔万水千山。

再在这个叫 Gardenia 的酒吧遇见他时我已经在另外一个男人的怀抱里了。那男人我不认识，而我要的也只是瞬间就会消失的快感。送上一些暧昧的注视，算作对曾经邂逅卑微而廉价的回顾，矫揉造作又毫不在意。他向我望，带着刺痛。早就说过有些距离无可跨越，却依旧执迷不悟要爬上这趟疾驰而过的逆行列车。

【终】

Gardenia。Rain。He。I。They。没有一个不是我的。没有一个只是我的。电话拨通时我的口中正发出最热烈的叫喊，声音高亢而妖娆，像午夜的黑猫带着罗毒的梦幻般的迷情将人吞噬。他说静安你还在 Gardenia。Hi my baby。我已经身不由己。那些亢奋的腐朽的落寞的欢愉的情绪周而复始。身体在大麻的作用下迅速飞升。那只揉搓着我胸部的手宽大而有力，流出一些液体，带着荷尔蒙的芬芳。

那声自手机里传来的巨响与我的身体一同爆发。澎湃汹涌无法抵挡。电话那端一阵忙音，如同我急促的喘息，无暇顾及。陌生男人粗壮的生殖器已经又进入了我的体内。扭动肢体，这是最初的曼妙。了无牵挂。除了忧伤都很美，美得让人醉，再没有什么可以失去。

电话再次响起时那男人已经在扔下精子后快速离开了。我会心地笑。这是个没有感情的房间，一切都像这床单一般白得惨淡，不曾留下任何痕迹。而我想要的，也只不过是这了无痕迹的片刻欢愉。打动不了任何人，却不遗余力地蛊惑了自己，与他不同。

电话是医院打来的。医生说我的电话号码是从他手机里拨出的最后一串数字，而他，已经用最原始最安静的姿态离开了这个世界。

我不爱他，我爱他，我不爱他。拈花般微笑。黄色雏菊开得干净。花瓣碎了一地。我垂着双手低头看满地残菊渐渐变成殷红的颜色，好像那颗潮热的心脏里挤压出来的黏稠液体。走进 Gardenia，坐在最初的位置回望，不远处的另一个人也正望向我，不再递出笑容。只是侧过头，把心狠狠地碾碎。

我站在充满氨水味的病房里。面前的病床上躺着一个人，已经死了，车祸，被苍白的被单盖着，看不见脸。我伸出手，隔着被单摸索，棱角还算明朗，可皮肉已不再有弹性，还有汁液隔着被单涌出，染红我干枯的手。这是个早已对死亡司空见惯的房间，除了我。所有的一切包括空气在内都带着习以为常无动于衷安静沉沦的气质，浸染着我，却终究无法将我深深埋葬。我想他为什么会死去，英年早逝留下漂亮的尸体。因为我吗？可我们只是一起睡睡觉的朋友而已，又或者这只是一起意外发生的车祸，而几个小时前电话里的那些噪音也许只不过是他发给我的求救信号罢了。我怎能强迫自己与他的死扯上密不可分的联系。年轻的身体和死亡的腐烂，终究都会毫无例外地变成时间的消耗品，漫长用来消耗。

鱿鱼病了

【初】

可以置身事外吗？可以视而不见吗？可以低头不语吗？为了日子好过点。可以忍住眼泪吗？可以表达愤怒吗？可以告诉我你真的很孤独吗？可以做个交换吗？可以给个机会吗？可以保持信念吗？为了日子好过点。可以亲吻蓝天吗？可以抚摸彩虹吗？可以在离去之后看到你的微笑吗？你不知道该如何面对，可你已经无路可退。你要坚持到最后一刻，为了让生活继续。你不知道该如何面对，可你已经无路可退。你要忍耐到最后一刻，为了让生活继续，让生活继续。

又开双腿坐在坚硬的地板上。四周扩散着一些麻木而空洞的阳光。又是一个清晨了。磁性的男声又在唱机里反复响了一夜了。可我还是没有睡。惨白的烟，矿泉水，消毒纸巾，巧克力，手机，唱片，相册，PSP，抱枕，一些触手可及的物品散落四周。昨夜天花板上涂抹着的吓人的猩红被白日恐吓，四散逃窜得无影无踪，就连那时隐时现的狰狞人形也消失不见，留下我孤零零的一个人。

不远处的桌角摆着妹的照片。妹很美，美出一种病态。晴朗的日子，她总是光着脚站在我家顶层露台的房檐边，将一把艳红的伞撑过头顶，偶尔把那伞向外抛下去，凝神看一朵红色的小花越来越小直到消失。雨天却又躺在冰冷的地上,任雨水将身体浇灌,妹说自己总是干涸,水会让她忘记孤独和恐惧,于是,雨水和冰冷的妹。相继入睡。

沉寂的夜,有冰冷的身体掠过,像滑腻的鱿鱼。我清醒过来,妹吻着我的乳房嘴里却唤着另一个女子的名字,像一只伤痕累累的小兽。那个妹深爱的女孩,那场在妹眼前急促到来又戛然而止的车祸。在世俗的尘埃中,粉墨登场,但还来不及演出经过就走到了落幕的边缘。黏稠的血溅在妹的脸上身上,温热而潮湿,纠缠的内脏沉重地摊开在地上,泥一样,腐烂蒸腾。

妹开始对殷红殷红的颜色着迷,繁多琐碎的红色饰品填满房子。红色的衣服,红色的房间,红色的电话,红色的墙壁,红色的地板和时常被她拿在手里撑过头顶的红色的伞,像虔诚的祷告。沉默的祭礼。骄傲的的孔雀走失,弄丢了它的华丽外衣。

【终】
妹死了,以扭曲挣扎抽搐亢奋的姿势。妹死的时候用尽全部力量睁大眼睛看着我,眼球快要撑破眼眶,干枯的手狠狠地攥成拳头。

身体剧烈颤抖。仅几秒的工夫，那身体就安静了下来。永远安静下来了，于是，真相大白。这是一个思维的杀戮过程。有一种病叫精神分裂。不痛，一切都变得温暖起来。长久以来妹眼里充斥着的布满黏稠血液的猩红梦魇最终被明媚的白昼所取缔。

我站在妹总是喜欢站着的顶层露台的房檐边向下望去。飞驰而过的车把公路拉成一条长长的色彩斑斓的线。风不吹，鸟不叫，沾满血的黑色苜蓿在眼皮下缠绕，透着黏稠浓烈的芬芳，无比妖娆地绽放。掉一些毫无意义的眼泪，带着挣扎的恐慌。妹的笑一直在眼前，迷离的，纯净的，温暖的，还有死亡的。

我开始整夜整夜地失眠，这城市里随处都可以买到的白色药片也无法让我入睡。要如何埋葬那罪恶的鲜红，要如何忘却那挣扎的面孔，要如何摆脱那灵魂的纠缠，要如何继续那残破的生活。

可以置身事外吗？可以视而不见吗？可以低头不语吗？为了日子好过点。可以忍住眼泪吗？可以表达愤怒吗？可以告诉我你真的很孤独吗？可以做个交换吗？可以给个机会吗？可以保持信念吗？为了日子好过点。可以亲吻蓝天吗？可以抚摸彩虹吗？可以在离去之后看到你的微笑吗？你不知道该如何面对，可你已经无路可退。你要坚持到最后一刻,为了让生活继续。你不知道该如何面对,可你已经无路可退。你要忍耐到最后一刻,为了让生活继续,让生活继续。

暖生

【初】

我是一个妓女,行骗是我的职业。我用一张毫无岁月痕迹的脸蛊惑着那些愚蠢的男人,满足他们罪孽深重的情欲,又在天亮前死死攥着卑微的用干涸身体换来的钱决绝消失。那些进入我身体的男子,多是眉清目秀棱角分明的,间或在泥足深陷的黑夜轻轻抚慰清晰的轮廓。一定是那男子迷离的眼神和修长手指上的青色血管勾起了我无限的情欲。那个时候,我会缠绕着那炙热的身体制造无尽欢愉。可这只是寂寞,与爱无关。我从不让自己对任何一个花钱买我身体的男人心存爱恋。即使深夜种满柔情万种,天亮之前也只是穷途末路惨淡收场。

我慵懒地拉开厚重的深蓝色落地窗帘,吸一大口气。冬日中午十二点钟的阳光刺眼却冰冷,煞白一片的雪景闯进眼里,唐突而单调,洁净的玻璃上反射着一个佝偻的人形。再看仔细些,头发干枯,目光呆滞,是我吗?刹那间觉得自己像久居深幽的女鬼,早已背离光照的方向。只有在夜深人静之时才瑟瑟而出祸害着那些不甘寂寞的肉身。于是想起许多年前我刚入行时一个姐们说过的话。温暖这种东西是跟干我们这行的绝缘的。我皱起眉头,拼命拉紧窗帘,一个空洞而腐朽的空间遁形,宁静再次恢复。

现在距离我从最后一个客人家出来回到自己家睡觉的时间仅五个多小时。昼伏夜出疲惫糜烂的生活导致我经常无法安睡,白色的安定药片此刻毫无用处地散落得到处都是,混杂着满地的烟头烟灰,灰色的白,白色的灰。手挽手跳着关于空虚的舞蹈,无心应对,身体有些颤抖。扶着墙慢慢坐在地上。抽出一根白色万宝路牌香烟贪婪吮吸,昏暗中看烟雾扩散又聚拢,像慢慢渗入的毒,霸占着空气里所剩无几的清新。不记得从什么时候开始这种毒就入驻了我的血管,成为了我苟活下去的精神食粮。

慢慢闭上眼睛,想起很久以前我学着那个穿黑色细高跟鞋涂艳红色指甲的漂亮女人的样子抽出一根烟点燃。剧烈的咳嗽声惊动了她。蔑视而不动声色的笑划破我的脸,拼了命将浓重的烟和眼泪一同下咽。挂上虚假的苦涩的甜美而不可一世的笑。现在我一根接一根地把它致命的毒素融入身体,并竭力地认为这就是价值连城。可这是个短暂的过程,如同不持久的男人卑微的激情一般。

我往身上涂抹上一层厚厚的润肤乳,没有男人在身边使劲揉搓着我的乳房的时候我经常以这样的方式安慰自己。这让我觉得我的乳房还很坚挺有弹性,我的皮肤还很光滑细嫩,我的小腿还很柔软纤细。最关键的是,我还很干净。

什么是永恒？这是个大问题。岁月虽然没有在我的脸上刺下伤疤，却让我的心伤痕累累。我挥霍那些被人说成轻而易举就到手的钱，以此来购买我的青春美丽妖娆浪荡和我所能买到的一切。除了安宁，可有时候我又觉得妓女也是个不错的职业。可以借此机会将那些轮廓清晰眉宇分明且有着深邃眼神修长手指的男人玩弄得服服帖帖。这是很多口口声声说要永恒的女人做梦都想要的。但是男人啊，除了永恒什么都可以给予。

【终】

一想到七年前的那个男人我就全身发抖。酒店苍白的床单上有斑驳的血迹。我蜷缩起身体用双手抱住腿，一些疼痛自大腿根向上刺穿。那个赤裸的男人在我面前点上烟，灯光投射在他的戒指上撞击出闪亮的光。我眯起眼睛，自欺欺人摒弃一些绝望。他熄灭手中的烟蒂，麻利地穿上衣服，迅速抽出一叠钞票放在我的旁边，在我惊慌且愤怒的注视下头也不回地离去。

我渐渐微笑开去，罪恶在我的微笑里开出大朵大朵的花，不如来玩一场华丽盛大的赌博。金钱做赌桌，身体做赌资，赌谁玩得根深蒂固又撤得干净利落。于是忍住疼痛，迅速起身装扮好自己。

妖娆的妆容完美地掩盖了脸上的顿挫。抬头看看时钟，早上6点47分。告诉自己，以后这将是我每天收工的最后时限。

拿出手机拨通一个号码。

好戏就要上演了。我们，还是老地方见。

我是一个妓女，行骗是我的职业。我用一张毫无岁月痕迹的脸蛊惑着那些愚蠢的男人，满足他们罪孽深重的情欲，又在天亮前死死攥着卑微的用干涸身体换来的钱决绝消失。那些进入我身体的男子，多是眉清目秀棱角分明的，间或在泥足深陷的黑夜轻轻抚慰清晰的轮廓。一定是那男子迷离的眼神和修长手指上的青色血管勾起了我无限的情欲。那个时候，我会缠绕着那炙热的身体制造无尽欢愉。可这只是寂寞，与爱无关。我从不让自己对任何一个花钱买我身体的男人心存爱恋。即使深夜种满柔情万种，天亮之前也只是穷途末路惨淡收场。

猫会流泪吗

【初】

我想我要死了。那把亮晃晃而尖锐的刀刺入我身体的一瞬间,我就知道一切将不复存在。尽管额头还有青色的血管曲张,尽管眼睛还瞪得很大露出斑驳血丝。慢慢地,我闻到一股浓重的味道。我想那是我身体里血液的气息,它有如泥土一般,芬芳而不拘泥。我的胆囊一阵收缩,身体跟着抽搐了几下,一只手拼命捂住喋血的伤口,另一只手颤抖地扶住墙边以支撑摇摇欲坠的身体,强忍着自腹心源源不断向外渗出的疼痛,竭尽全力想要走出这条漆黑而死寂的巷子,让那些还未入睡的妓女们发现并拯救我,却终究挂上垂死的模样。跌倒在肮脏的泥水坑里,再也无法站起。恍惚中有急促的脚步声,身体像被轻柔抱起,很温暖,是该入睡的时候了。

很久很久以前,我家楼下的街上有很多家黯淡而又不露声色的小咖啡馆,颓然且肃静。夜深的时候,各自透出幽暗的光线,带着生动的怅然和萧条刺痛人的心。我是寂寞的宠儿,常常在难以入睡的黑暗中隔着落地的玻璃窗窥视那片世界。它们似乎都与我有关又没有什么是属于我的。那个时候是北京夏末秋初的季节,忽冷忽热的天气让那些明媚的光鲜惊慌失措,像我悬在半空的心,偶尔流泪。自以为早已被那神经质的天气风干,却清晰地看见那些泪固执地落在地上，摔得四分五裂，溅起一些光亮，与楼下的光应对。

很久以前，那些小咖啡馆被悬挂着明亮劣质霓虹灯的小发廊所取代。穿着低胸紧身服装的女子坐在门口，或拼命在两个乳房之间挤出一道深刻的沟，或索性脱掉外衣仅留黑色蕾丝内衣，若隐若现的黑色乳头带着腐败的糜烂妆点着这夜的浮华，换来一些鄙夷不屑嘲讽欲望的注视。每当那个时候，那些女子就刻意张开肥硕的大腿，短裙底下是一片黑漆漆的繁茂森林，散发着腥膻的气味扑向来来往往的人群。我依旧隔着落地玻璃窗向下望去，间或有男人走进去，简单而直接地用力捏几下那些乳房，挑选一个满意的带着向发廊的深幽处走去。

前些天，那个如花的男子说他在我家楼下的小咖啡馆门口等我，那是仅存的一间还未被发廊取代的小馆。可并不再如前般冷清，很多男人都把手放在那些硕大而空洞的乳房上揉揉搡搡地进去又出来。这个我不爱的男子拘谨的声音让我觉得有些可笑。我凛冽而冷漠地站着，心里想着总是有人执迷不悟地要在刀刃上跳舞。男子遮住我的眼睛，将一个指环轻轻套在我的手指上，指环没有温度，我的心微微颤抖。

【终】

我站在窗前看楼下的咖啡馆终于打烊了,叹了口气独自走下楼去。终究还是到了安静的时刻,幽深的巷子散发着淡淡的夜的潮湿。流下一滴泪,猝不及防,心里想着这些年来我一直坚持着独身究竟是为了什么。那些性感的抚摸与我无关,激情的亲吻与我无关。就连投入的拥抱都不曾与我有任何瓜葛。我总是绞尽脑汁地思索着如何才能华丽而虚情假意地演出惺惺作态的戏。我歇斯底里演出,身边谄媚的猫儿是我唯一的观众,仓皇回头,看见一地忽老。

在我还没缓过神来的时候,一把刀抵住了我的腹部。面容有些狰狞的男人用低沉而急促的语气命令我给他一些钱。我笑了,笑得很由衷。腹部顶着刀尖缓慢却坚定地继续向前。男人的眼神变得惶恐,亦步亦趋地倒退。猝然,我用尽全力向刀尖顶去。噗的一声闷响,我的身体踉跄着向后退了几步。全身的血瞬间涌向腹部绽裂的地方,欢愉的流淌。男人迟疑了几秒,然后丢下我仓皇而逃,仿佛真正被袭击的是他而不是我。身体像被撕裂一般思维却变得清晰,长久以来我都是一只孤苦伶仃的野猫,就像这个巷子里的很多野猫。可我从没见过它们的眼泪,所以我想,我也不能哭。一些疼痛对我来说是与生俱来的,无须在意是否又增加了一些。

我想我要死了。那把亮晃晃而尖锐的刀刺入我身体的一瞬间，我就知道一切将不复存在。尽管额头还有青色的血管曲张，尽管眼睛还瞪得很大露出斑驳血丝。慢慢地，我闻到一股浓重的味道。我想那是我身体里血液的气息，它有如泥土一般，芬芳而不拘泥。我的胆囊一阵收缩，身体跟着抽搐了几下，一只手拼命捂住喋血的伤口，另一只手颤抖地扶住墙边以支撑摇摇欲坠的身体，强忍着自腹心源源不断向外渗出的疼痛，竭尽全力想要走出这条漆黑而死寂的巷子，让那些还未入睡的妓女们发现并拯救我，却终究挂上垂死的模样。跌倒在肮脏的泥水坑里，再也无法站起。恍惚中有急促的脚步声，身体像被轻柔抱起，很温暖，是该入睡的时候了。

此去经年

【初】

冰冷铁窗外的高压电线上,站着几只乌鸦,黑色的羽毛在阳光的照射下闪闪发亮。我深深叹口气,第一次发现原来乌鸦也是美丽动人的鸟,至少它们还有自由飞翔的权力,而在铁窗下仰望它们的我,正义无反顾地将青春和这残破的身体一起深深扔进桎梏中。看荒草连天,看遥遥无期。放风的时候,号长将一支中南海递过来。她有些怕我,因为我与她们不同,是个杀人犯,最不拿命当回事的那种。点燃,深深吸进肺里。闭上眼睛,绝望且呆滞地回想那些个暗无天日的夜晚。此去经年,却依旧无法在我的脑海中凋零。将烟蒂狠狠地在墙上碾碎,转过身来,柔软的舌在口中断成两截。嘴角流出鲜红的汁液,瞪大的双眼里映着号长那张惶恐的脸,本能地张开双唇却发不出任何声音。我想她应该早就认命了的,却为何至今还无法习惯像我这样此生无望的垂死表情呢。

他对我说着一些爱意,眼神涣散,我想这是最言不由衷的表达。狠狠地咬牙,牙齿碰撞的瞬间,听到关于心碎的声音。对这个冷漠的世界敞开动人的心扉看上去是件无比愚蠢的事情。可我依旧摆出义无反顾的姿态寻找伤害。他完美的脸,冰凉的心、坚硬的器官,所有一切对我来说,都将是超乎寻常的完美。我在他张扬的黑发里意乱情迷,在他赤裸的眼神里意乱情迷,在他金色的青春里意乱情迷,在他冷漠的话语中意乱情迷,在他激动的情欲里意乱情迷。

我放肆地大笑,在无人的街上,树叶在我的笑声中猛烈地颤抖。那暗影与我孤寂的身影交织在一起,相互慰藉,却没有一丝温度。他拼命将我拥入怀中。疯狂亲吻,嘴唇绽裂,弥漫突如其来的血腥味。我想这才是他真正爱我的理由,无需过多理解,所谓爱。终究也抵不过扭动的身体和张狂的灵魂。

这是场周而复始的游戏。我躲藏,他来找。可那张俊朗的脸上分明写满了疲惫,与我的如出一辙。我发现自己嘴唇干裂,嘴角边的微笑渐渐枯萎。这场游戏,陷入僵局。我以为对他施了魔法,却发现最终蛊惑了自己。我摧毁了自己,他沾沾自喜。黑色的猫儿走失,留下残余的体温。小偷偷走了盔甲,剩下涂炭的战场,剧院散场。我摘下丑陋的面具。我们是谁又在扮演何种角色已经变得不再重要。

【终】
倘若我没有看到他们亲密的模样,或许不会将腹中的胎儿丢入血泊之中。他的坦然,她的挑衅,我的仓皇。一切在他早有预谋的剧本中慢慢上演,而我,只是和全然看不到剧本的戏中人。

腹中生命短暂,一瞬间就已经走到了活着的尽头,这是个谋杀的季节。苍白的苜蓿。嘶哑的冷风迫不及待地将罪恶的手掌伸向华丽的尸体。咄咄逼人地撕裂着腐烂的伤口。猩红的血散发着人们熟悉的氨水味。没有人愿意回头再看一眼。宽容的神也无法饶恕这冰冷的谋杀。他是最初的也是最终的凶手。我的身体颤抖不已。所谓爱情,也最多只是拥有他无数的荷尔蒙罢了。

我无力地蹲在地上,肚子空了,又好像被塞满了。我不记得我的眼泪是怎么流出来的,我也不记得我是不是难过。我总是在描述自己的眼泪,结果用光了所有的词汇。我不需要卑微的同情和怜悯,他承诺的太多可兑现的又太少,那些听上去冠冕堂皇的理由不过是苍白无力的借口。转身离开,不再相见。点上一支烟,迷离恍惚中看点点火光不断缩短着与自己的距离。

他抓住我的肩膀,要带我去某个地方。这场沉沦的表演不是早该落幕了吗。为何仍旧带着最初的拈花式的把戏卑劣靠近?我低下头,顺从地任由他牵着走,无需多言就已经知道接下来的言语,他只有在最兴奋的时刻才会说我爱你。男人都一样，在这个时刻说"我爱你"的几率高于平时任何场合，虽然我绝对相信那一刻他是真心的，但心里仍旧冰冷。是我的感觉伤害了我，离经叛道。

我看着酒店素白的床单，笑一笑，带着蛊惑的决裂。紧闭的洗手间门内传来哗啦啦的水声，如同心跌落在地上碎裂的声响。将一支中南海点燃，用力吸了一口。透过落地窗看外面的世界，想在那片灯火阑珊的后面寻找充满幸福的期许，却只看到玻璃上映射出的他散发着小兽般光芒的期待眼神。用赤裸的脚将烟头踩熄，滋地一声，一些疼痛自脚心向上流窜，不再孤寂。

落地窗帘单薄而又凄零，一如我的身体。我被他压在身下，一动不动。他的唇贴过来，粉红色，带着浓重的喘息，情欲深重的撩拨。紫色幻觉侵蚀着皮肤和思维。身体失去控制，沦陷在这场无尽的情欲里。那张俊美的脸在我面前渐渐模糊，变成一具赤裸裸的肉身。我近乎疯狂地膜拜他的身体，这将是最后的荣耀。在抵达高潮的瞬间，一把尖锐的刀刺入了他的心脏。

他死死地抓住我不放。我灿烂地笑。温柔对他言语，你该付出毕生的荷尔蒙给我。没有隐藏。而我要做的，只是将那些心碎用黏稠的血液包裹好，连带你的荷尔蒙，尽数归还。如此，两不相欠。

他抓住我的手渐渐松软，眼神也暗淡了下去，一如过早萎靡的青春，还来不及绽放，就已经被人踩在了脚下。垂落，苍白的床单上盛开出大朵大朵娇艳欲滴的花，再没有什么是比它更美的了。深深闭上眼睛，躺在那片花海中。温暖且带着诱人的芬芳，我想我是真的醉了。

慢慢摸索到电话，按下三个数字。刺耳的警笛尖锐地划破夜空。是该起程了，我对自己说，这是一个全新的时刻，无与伦比。

冰冷铁窗外的高压电线上，站着几只乌鸦，黑色的羽毛在阳光的照射下闪闪发亮。我深深叹口气，第一次发现原来乌鸦也是美丽动人的鸟，至少它们还有自由飞翔的权力，而在铁窗下仰望它们的我，正义无反顾地将青春和这残破的身体一起深深扔进桎梏中。看荒草连天，看遥遥无期。放风的时候，号长将一支中南海递过来。她有些怕我，因为我与她们不同，是个杀人犯，最不拿命当回事的那种。点燃，深深吸进肺里。闭上眼睛，绝望且呆滞地回想那些个暗无天日的夜晚。此去经年，却依旧无法在我的脑海中凋零。将烟蒂狠狠地在墙上碾碎，转过身来，柔软的舌在口中断成两截。

嘴角流出鲜红的汁液，瞪大的双眼里映着号长那张惶恐的脸，本能地张开双唇却发不出任何声音。我想她应该早就认命了的，却为何至今还无法习惯像我这样此生无望的垂死表情呢。

画小画的女子

【初】

潮湿阴仄散发着刺鼻腥臊气味的地下通道是连接这条街两侧唯一的行人通道，是我每天必须要坚持捏着鼻子走过的一段路。通道顶部有些地方经常滴滴嗒嗒落下一些肮脏的水珠，砸在过路人的身上，引起一些低声的谩骂和抱怨。地上到处都是已经脱落的墙皮，有些被踩得粉碎，完整些的也都印满了各式各样的鞋印。这是个小魔鬼才会光顾的地方。没有人愿意把脚步放慢一些，更别说是多停留片刻。即使时逢拥挤，这个通道也异常地安静。紧闭口唇的人们纷纷皱着眉头，却带着迫切想要走出这里的焦急而渴望的眼神。人有欲望的时候，表情就会变得特别丰富，直到那个女子的出现。

那女子究竟是何时出现的我并未留意，是那些色彩艳丽的方形小画吸引了我的目光。那些画被整齐地摆放在地上，绽放的红，艳丽的蓝。我看向她的时候，她也正盯着我的脸仔细打量。我走过去，她递给我一张画。

十元，她说。我被一种力量驱使着，毫不犹豫地掏出钱递给她。画面上，大片的紫色涂满整张纸，带着波涛汹涌的翻滚和反复，一只艳红的蔷薇花被遗弃在角落，依旧倔强的带着已变得毫无杀伤力的刺痛的挣扎，却早已没有了最初的姿态。画面的右下角用极其细微的铅笔字写着，遗失的薇。她说在每张画的背面写上编号就不会遗忘。她执著，我听从。

我在她那买下的第二张画叫丢失嘴唇。浓浓的黑色背景，一个孤单的女子深深陷入一片万劫不复的深渊当中，在离她不远的地方。闪动着一丝光亮，苍白枯削的手竭力曲张，手臂拼命伸向某个地方，张大嘴想呼喊，却终究丢失了嘴唇，有声嘶力竭的哭声，但寻不见人，一切关于义无反顾的永垂不朽，最终将被黑暗吞没。而那湿润的喋喋不休的嘴唇所说过的话，也只不过是一句句虚张声势的谎言。

第三张画叫空。单薄身形的女子独自站在十字街头，千回百转的草绿色百褶裙上绽放着大朵大朵萎靡的花，细长的白色高跟鞋惶恐不安地来回踱着，艳阳照射过头顶，天空与阴霾划着再清晰不过的界线。人潮汹涌，她迷失在街头，伸出的左手空荡荡的，没有人给她牵引。嘴角边隐匿着妖艳的蛊惑的浅笑带着深深的悲凉跌进早已为自己掘好的坟墓里，只是，无人知晓。

第九张画是我所购买过的这些画里唯一一张出现了另外一个男子

的画，也是她所有的画里用色最明快的一张。我一直以为的命定孤单的女子忽然笑得明媚，是那男人带给她的吧。我有些惊喜，快乐地看着她，依旧是那张清淡的面容，看不出悲喜。

我是在买了她第十七张画的时候开始跟她一起坐在潮湿而腥臭的通道里的。她很少言语，白色的匡威布鞋在那样的阴暗里显得格外鲜明。过路的人群在向前奔走的同时不忘用疑惑的眼神看我们几眼。我惊慌失措，她视而不见，却忽然转头问我是否殚精竭虑。我勉强装出一些笑容，谎言苍白无力。她说你说谎的时候眼睛会发光，连影子都会在你身后傲慢地嘲笑你的懦弱偷窥你的腐败。全世界的人都看到了，只有你不知道，你以为你不知道而已。

生活一直在继续，可你不能总自欺欺人。

我有些颤抖，再看向她的时候她却已经不再看我，我忽然预感到这是一场早有预谋的战争，矛盾而挣扎。当我们相遇的那刻开始，我就应该把一切洞悉，而如今她却以如此不可一世又突兀高傲的姿态轻松地闯入我的世界向我宣战。可这个无声的战场啊，为何没有硝烟的气息？而我们，又都以最低调的姿态把自己呈现，然后高调地铺张渲染。可心底，却不断挣扎纠结反复而混乱。

我继续在她身边坐着，在腥臭潮湿里坐着，继续坚持以十元的价格买那些色彩明快内容撕扯的小画。偶尔放肆地说起过去，却最终被她淡漠的眼神制止住。试图艰难地在她面孔上寻找一些关于曾经的下落，除了桎梏，一无所有。偶尔眉开眼笑，也只是转瞬即逝的风景，试探性询问她生活的过往。一片空白，就连表情都失踪不见。

【终】
第三十二张画是我从她手里买走的最后一张画，也是我最后一次见到她。画面上是一个以前的画里从未出现过的女子，与我有几分相似。美艳的外表。张扬的面孔。妖冶的身材。纠缠的长发。表情傲慢且带着不可一世的决裂。一只手被第九张画里出现的男子紧紧握住。她有些挣扎，却不离去。搪塞敷衍间刺伤着炽热的心。纸的右下角写名字的位置这次却变成往日里的那个女子，只是身形更加模糊和单薄。我在画纸背面认真地写下数字32，隐隐觉得有些故事是没有讲完的。

后来的一天，通道里她经常坐着的位置换成了一个陌生的男子。破旧仔裤，白色衬衫，匡威布鞋，眼神里透着与她一样的忧伤。看见我朝那边张望，扬一扬手里的画，算是对我的召唤。我走过去，接过他手中的画掏出十元钱，他说姐叮嘱这是最后一张画，是送我的，转身离开。

抖落画卷，一张苍白的纸滑出。凌乱潦草又清新隽永的字迹，如画纸右下角黯淡的小字一样。纸上只有一行字，请将你买的所有画按照下面的顺序排列好。9。30。19。27。22。17。31。1。14。28。16。2。3。24。10。25。4。13。5。8。12。23。6。29。7。11。15。26。18。20。21。32。33。而那张画，只是一张再普通不过的素描，不再有鲜艳的色彩和决裂的故事。黑色炭笔精细的画着三个人的面孔：我的，她的，另外一个男人的。手有点微微颤抖。那些轻轻漂浮在纸上的字，撕裂着人的心，暴露出无懈可击的脆弱，那脆弱藏得深啊，深到你只能看到把它深深埋葬的倔强的容颜。

答案就要被揭晓的时候，心却颤抖不已。我找出在她那买下的所有画，用曾经在背面标注过的编号按照她的顺序一一排列。泪水流出，没有人看见，那是些我并不知道的故事。争吵，纠结，撕扯，破碎。终究振臂一挥，甩掉一些爱情。在流泪的空气里划一道绝美的弧线，留下固执的伤口。

她深爱着的人爱上我却被我刺伤，她带着抹杀不掉的阴影把自己埋葬。膝盖薄凉得毫无温度，把头深深埋下，却无论如何都无法摒弃那些残破不堪的片断和曾经被刻录的幸福。那些暴力和尖叫，疼痛和拉扯，荒凉和冷淡，如影随形。

天空，总是明媚鲜艳。人群，总是熙熙攘攘。脚步，总是游移漂浮。心情，总是浮躁跌宕。她看看自己，处在何等的热闹里啊。可这热闹却让她更加寂寞，我闭上眼睛，外面的天还来不及黑。天边血红的云彩还在扩散，虽然那热烈的太阳早已落幕，虽然那沉在心底的波澜她看不到。

潮湿阴仄散发着刺鼻腥臊气味的地下通道是连接这条街两侧唯一的行人通道，是我每天必须要坚持捏着鼻子走过的一段路。通道顶部有些地方经常滴滴嗒嗒落下一些肮脏的水珠，砸在过路人的身上，引起一些低声的谩骂和抱怨。地上到处都是已经脱落的墙皮，有些被踩得粉碎，完整些的也都印满了各式各样的鞋印。这是个小魔鬼才会光顾的地方。没有人愿意把脚步放慢一些，更别说是多停留片刻。即使时逢拥挤,这个通道也异常地安静。紧闭口唇的人们纷纷皱着眉头,却带着迫切想要走出这里的焦急而渴望的眼神。人有欲望的时候,表情就会变得特别丰富,直到那个女子的出现。

关于我关于路人关于反复的活

【初】

天空阴郁又灰暗。天空的伟大，总能把人笼罩在它的情绪之下，罩个密不透风。我懒散在家里，一个字都写不出来。无聊时我不停看DVD，都是以前看了很多遍的，看完就开始拼命流泪。慢慢地我开始回忆从我身边走过的每一个人。他们好像都精彩得无与伦比，他们的精彩都与我无关。城市醒来的时候，他们一起睡去。只有我醒着，醒着。这扇灵魂的窗户啊，忽然变得如此认真，我从不说难过。可我抱怨自己不快乐。我对自己的要求越来越技术化。我爱上自己裸露而且淋湿的样子。我并不自恋，可多爱自己一点会冲淡很多悲伤。人，总能找到些许与众不同的哀春悲秋的理由，荒唐且措手不及。没有什么是值得被复制的，包括借口。忽然发现，有些事情无论如何都不在自己的掌控当中。写一些文字，在死后留给自己回味。然而纪念不是祭奠，我终究还是没有逃脱追悔的命运。迷恋是一种吞噬，在燃烧后化为灰烬。为了温柔的怜悯，把无限的真理隐藏在身体里。可什么才是真理？青春是干燥的。而这种东西我早就没有了，最终，我还是善良的。那些被恶梦蹂躏引起的躁动融入我善良的身体，一并出卖给那个叫命运的东西。

关于路人甲。我们是一样的人，逃不出时间的毒手。保质期只有半年的感情对我来说实在太短，短到我还来不及封存就已经被风吹散。我想撕掉左手的皮肤，这样可以连同那个作为生日礼物永远烙在我手腕上的纹身一起撕去。我不会再记得一朵花和另一朵花的故事。我会摘下手上那枚小小的镶有9颗小钻石的戒指，把它珍藏。在很多很多年以后拿出来，微笑地看那依旧耀眼的光芒。我会保护好你送我的曾经让我心动不已现在即使大醉也要和贞操一起摸一摸确保都还在的手机。我会在我每年生日的时候都问候你一句生日快乐。我会忘记我们曾经相爱然后幸福的生活。你不爱我了，我也不再爱你。我说我们终究还是没有走到底，你却说我们已经走到底了。你是对的。在刚刚恋爱的时候，我们已经疯狂地透支完全程的感情。失去了爱，唯一舍不得的也就只有很长一段时间以来的习惯。现在我打算把投资了不知多少感情才换来的习惯连同我的投资统统抛出，就当做了一笔失败的生意，只是一笔生意而已，破产了就死心塌地地改行吧。

关于路人乙。真相被残忍地揭露出来的时候，连血管里的血都跟着愣了一下。他不愿意触摸我的身体，对他来说那是毒药不能碰。他只不过爱我身上映射出来的另外一个女人的影子。我是玩具，被拆装组合成别人的模样。他不跟我做爱只把我当玩具，而我的真正价值甚至还比不上一只充气娃娃来得更贵重一些。我想他在拒绝我身体的同时是否也将我处心积虑要发展的我们之间的关系也一起拒之门外。那个一直重复着的噩梦惊得我无法呼吸。我看着自己的爱在他面前倒下，死去，我无动于衷地看着，我看着看着就笑了。笑的时候我撕扯着身上的衣服，最终我一丝不挂地站着。站着看所有人在我面前死去，我轻轻地把手指插进我的身体手指顿时湿润起来。我呻吟着颤抖着，我的世界就在这样的喘息里灰飞烟灭。全部的理性和逻辑，堕落，遗忘，消失。全部的痛苦和潦草，堕落，遗忘，消失。

关于路人丙。两个人，两间房。一转身，以爱情之名建一道厚重的墙。我站在墙头跳来跳去，像妖冶魑魅的黑猫。离经叛道，这场游戏我不会再失败。我们比谁玩得根深蒂固，又撤得干净利落。他说我们是情人了。情人这个词从他的嘴里流出来的时候我产生了莫名其妙的亢奋。我相信它将成为我兴奋的源头，如影随形。我跟他做爱，我喜欢更直接的一种方式。但他能左右我，他有左右我的力量。我发现自己嘴唇干裂，嘴角边的微笑渐渐枯萎。这场游戏，陷入困境。我以为对他施了魔法，却发现最终蛊惑了自己。我摧毁了自己，他沾沾自喜。黑色的猫儿走失，留下残余的体温。小偷偷走了盔甲，剩下涂炭的战场。剧院散场，我摘下丑陋的面具。我们是谁不再重要。

关于路人丁。我毫无温度地说着幸福，一脸木然。亲爱的请原谅我的不够勇敢。要知道彼此正常的问候是如此令人低落。我张望天空。空气里搅和着香草的味道，不那么分明。他说爱我，却很少理我。后来的日子一直这样。狠狠地呼吸，迅速地死亡。或许男人的沉默有时候并不代表深沉，而是意味着他正在寻味另一场拈花的把戏。一场由他制造的意外正在发生，我是唯一被侮辱的。黑暗里，两双冰冷的眼睛印在身上。像是在无情地嘲讽注定要成为傻瓜的人。用长发尽可能地掩了脸，不愿意注视那已久的注视。感情原本卑微，她们轻轻地落座，放肆地笑。在冰冷的夜里身体对自己说你将死于一场同体受精的意外。为何是你们选择坐在我的身边而我却落荒而逃。起立的时候，所有人都投来注目礼。四目相对时伤心地发现输光了自尊。哦，我的 Mild Seven。白色的修长的烟。我原本打算将你的糜烂和暧昧扔出身体，现在我发现我是多么地需要你，在我像哑巴一样说不出话的时候。相识可以有很多种，比如偶遇，比如不幸福。当每个人都在讲跟你的故事的时候，我发现只有我是一清二白的人。我们之间没有故事，至少是时间短暂得还没来得及发生故事。那些故事，让我的心鲜血淋漓地匍匐前进。是不是出没深夜的女子就是这样，习惯在夜里慢慢收拾白日的伤口。但倘若夜也有伤口呢？心苍老了，皮肤被摧毁了，一场同体受精的意外结束在沉默中，猝死。

【终】

我细数着曾经与我擦身而过的男人,他们多得不止甲乙丙丁。他们像路边勾住裤脚的野草,纠缠,停留,却又最终分离。我跌跌撞撞前进,偶尔被撕裂得体无完肤。我总是在疼痛。我的文字比我敲击出的钢琴声要疼。我的欲望比我的爱要疼。我的心比我的眼睛要疼。我的灵魂比我的肉体要疼。我的温情比我的冰冷要疼。我站在原地疼痛我隐忍着不发出声音,直到毫无痛感。

我开始失眠,开始服食大量的安神镇定辅助睡眠的药物。这个城市到处都能够买到各种各样的安眠药,除了安定,后来我继续失眠,后来安眠药对我来说变得像糖豆一样。我不再和任何一个男人约会。我发现男人像安眠药,时间一久药力也就跟着丧失了。而我依旧是那个顽强的失眠者。我得了一种很抑郁的病。我总是看到一个黑色的巨大的洞就在我的眼前,等待我随时跳下去。我流着汗又流着泪看着那个洞,坚持着不肯跳下去。

终究发现幸福像生命一样卑贱,而它都不属于我。幸福的人才会长久地爱一次。只有不幸福的人才会在一次又一次的幸福漩涡中流离失所。但我总要过活。

可生活。不能让一颗心一直空着或者一直满着。如果可以,也能称得上是一种慈悲了。这种让它在得失之间迂回辗转的方式,既非慈悲也非残忍。唯一作用就是培育了一个坚强无比的器官,让它在任何情况下都宠辱不惊。在这之后,一切也就无所谓,不管来自天堂或者地狱。

天空阴郁又灰暗。天空的伟大,总能把人笼罩在它的情绪之下,罩个密不透风。我懒散在家里,一个字都写不出来。无聊时我不停看DVD,都是以前看了很多遍的,看完就开始拼命流泪。慢慢地我开始回忆从我身边走过的每一个人。他们好像都精彩得无与伦比,他们的精彩都与我无关。城市醒来的时候,他们一起睡去。只有我醒着,醒着。这扇灵魂的窗户啊,忽然变得如此认真,我从不说难过。可我抱怨自己不快乐。我对自己的要求越来越技术化。我爱上自己裸露而且淋湿的样子。我并不自恋,可多爱自己一点会冲淡很多悲伤。人,总能找到些许与众不同的哀春悲秋的理由,荒唐且措手不及。没有什么是值得被复制的,包括借口。忽然发现,有些事情无论如何都不在自己的掌控当中。写一些文字,在死后留给自己回味。然而纪念不是祭奠,我终究还是没有逃脱追悔的命运。迷恋是一种吞噬,在燃烧后化为灰烬。为了温柔的怜悯,把无限的真理隐藏在身体里。可什么才是真理?青春是干燥的。而这种东西我早就没有了,最终,我还是善良的。那些被恶梦蹂躏引起的躁动融入我善良的身体,一并出卖给那个叫命运的东西。